काली नज़र

मेहरा ख़ानदान श्रृंखला - बुक #२

रुचि सिंह

काली नज़र

मेहरा ख़ानदान #२

रूचि सिंह द्वारा प्रकाशित

कॉपीराइट © रूचि सिंह २०२२

बुक लिस्ट

हिंदी

एहसास - मेहरा ख़ानदान # १
काली नज़र - मेहरा ख़ानदान # २
लफ़ंगा - मेहरा ख़ानदान # ३
टेक २ - नज़रों का खेल

English
Novels

Romantic Suspense
The Bodyguard - Undercover Series # 1
Guardian Angel - Undercover Series # 2

Romance
Jugnu - The Firefly
Take 2 - Small Town Girl #1
My Love, A Liar - Small Town Girl #2

Short Stories

Women From Mars: Series Shorts
Temptation
Spark

Hearts & Hots - Series Shorts
Head Over Heels
You and Only You
Silent Love
A Promise is a Promise

उस चुलबुली हँसी ने समर्थ का कॉन्सेंट्रेशन दूसरी बार तोड़ दिया। बहुत मन हुआ कि उस सेक्सी आवाज के पीछे का चेहरा देख ही ले, लेकिन रात के ग्यारह बज चुके थे, टीसी ने टिकट चेक करके, केबिन की लाइट बंद कर दी थी। इसके अलावा, उसे अपना प्रेज़ेंटेशन ख़त्म करके अगले स्टेशन, इस रूट का अंतिम बड़ा शहर भरतपुर, पहुंचने से पहले अपने ऑफ़िस टीम को भेजना था। उसे यकीन था कि जहाँ वो अपने चचेरी बहन, रागिनी, की शादी के लिए जा रहे थे, वहाँ अच्छा वाई-फाई सिग्नल या इंटरनेट कनेक्शन नहीं मिलेगा। ट्रेन की सीटी बज उठी, मानों कह रही हो समय बर्बाद ना करो। एक लम्बी साँस लेकर वो अपना ध्यान अपनी लैपटॉप स्क्रीन पर वापस लाया। उसने स्लाइड को फिर से पढ़ा और एक पोईंट और जोड़ दिया।

फुसफुसाहट और दबी हुई हँसी दस मिनट और चली, फिर लड़कियां चुप हो गयीं, और वो अपना काम पूरा करने में लग गया।

हल्की-हल्की रोशनी समर्थ को डिस्टर्ब कर रही थी, फिर लगा कि कोई उसका बेड ही हिला रहा था। नींद ज़रा सी टूटी तो एहसास हुआ कि वो ट्रेन में, नीचे वाली बर्थ पर था। ट्रेन चल रही थी तो उसने आँखें खोली ही नहीं। कुछ ही सेकंड के बाद एक पंख सी चीज़ ने उसके होंठों को सहलाया, पर आधी नींद में वो दूसरी तरफ पलट गया। वही नरम स्पर्श अब उसके गाल को छूने लगा, और पिछली रात वाली सेक्सी आवाज उसके कानों में फिर गूँज गयी।

उस आवाज़ के सामने नींद की कोई औक़ात ही नहीं थी। आंखें तपाक से खुल गईं। पलट कर देखा तो चेहरे के ऊपर एक सफ़ेद दुपट्टा लटका हुआ नज़र आया, थोड़ी नज़र और ऊपर की तो घुंघराले काले बाल झूल रहे थे, जिनके बीच से बड़ी, चाँदी की बाली झाँक रही थी।

उसकी बर्थ के साथ सफ़ेद सलवार-सूट में एक लड़की खड़ी थी, जो ऊपर वाली बर्थ पर कुछ समेट रही थी। दुपट्टे ने उसके होठों को फिर से छुआ। फिर वो लड़की अपने से छोटी एक लड़की से, जो नीचे वाली बर्थ पर थी, कुछ कहने के लिए मुड़ी। बच्ची के मुँह से हंसी का फ़ौव्वरा फूट पड़ा, लेकिन समर्थ उस सफ़ेद लिबास वाली को बस देखता ही रह गया। आँखें उसके चेहरे से हटने को राज़ी ही नहीं थीं। उसका शांत चेहरा - सौम्य और ख़ूबसूरत - समर्थ के सीने में हलचल मचा गया।

"समर्थ, उठो। हमें उतरना है।"

माँ की आवाज़ पर वो सफ़ेद, झिलमिलाती परी पलटी, उसने समर्थ पर एक उड़ती हुई नज़र फेंकी, और बाल झटकते हुए किसी प्रिन्सेस की तरह डिब्बे से बाहर निकल गयी। क्या समर्थ को महज़ एक अदने से नौकर की तरह बर्खास्त कर दिया गया था? या एक गुलाम की तरह? समर्थ के होंठों पर हल्की सी मुस्कान छलक आई। वो इसी शहर की थी! दिन की शुरुआत इतनी दिलचस्प होगी, सोचा नहीं था।

ट्रेन से उतरने और अपने फ़ैमिली के अनगिनत सूटकेसों का ध्यान देने के चक्कर में वो कब उसकी आँखों से ओझल हुई पता भी नहीं चला।

"किसे ढूँढ रहे हो?" नैना ने सोते हुए यश को गोद में सम्भालते हुए पूछा।

"किसे? किसी को तो नहीं। तुम कार में बैठो, ए-सी चल रहा है।" समर्थ ने डिक्की में आख़िरी सूटकेस डाला। माँ दूसरी कार में चाचा के साथ निकल चुकी थीं।

"पता नहीं क्यों मुझे लगा कि तुम्हें कोई जाना-पहचाना दिख गया।" नैना बोलते-बोलते कार में बैठ गयी।

"कौन जाना-पहचाना दिख गया?" जब वो कार की आगे वाली सीट पर बैठा तो संजना ने सवाल दाग़ दिया। "मुझे तो लगा तुम उस सफ़ेद सलवार-सूट वाली लड़की को ताड़ रहे थे, पर हम तो उससे कभी भी मिले ही नहीं।"

"अरे, नहीं यार। अपने काम से काम रखो, बहन मेरी! भाई को मेसेज डाल दिया नहीं तो उसे अपनी बीवी, बच्चे की चिंता सताएगी?" समर्थ ने टॉपिक चेज़ करने की नाकाम कोशिश की।

"हा, हा, अच्छा जोक था!" नैना यश को देखते हुए मुस्कुरा दी, "जैसे कि उसे तुम्हारी चिंता नहीं होती।"

"हाँ, माँ ने कर दिया मेसेज। तो बताओ? यहाँ भी आकर शुरू हो गए!" संजना के दिमाग में अगर कुछ घुस गया तो उसे निकालना नामुमकिन ही था।

"कौन, कौन? मैंने नहीं देखा।" नैना के भी कान खड़े हो गए।

"धीरे बोलो, यश उठ जाएगा," समर्थ ने फिर उनका ध्यान कहीं और लगाने की कोशिश की।

ऐसे ही टालमटोल करते-करते रास्ता कट गया। जब उसे कुछ पता ही नहीं था तो वैसे भी वो क्या बताता!

~ २ ~

कुछ घंटों के बाद, समर्थ एक कप चाय के साथ गेस्ट हाउस की बालकनी पर खड़ा, सामने दुल्हन की तरह सजी, दादाजी की तीन मंज़िला हवेली देख रहा था। बीच में हरा-भरा गार्डन था, जहाँ शादी की तैयारियों की हलचल चल रही थी। शामियाना एंट्री गेट के पास खड़ा किया जा रहा था और उसके पीछे, सफेद तम्बू के नीचे, रसोइयों की एक टीम शाम की संगीत पार्टी के खाने की तैयारी में व्यस्त थी।

शहर वालों को समझाना पड़े तो पूरी प्रॉपर्टी को एक फ़ार्म हाउस कह सकते थे, जिसमें एक पुरानी हवेली थी और थोड़ी ही दूर पर यह वाला मार्डन स्टाइल का दो मंज़िला नया मकान था, जिसे पिछले साल ही चाचाजी ने बनवाया था। दोनो घरों के पीछे एक बड़ा गार्डन और फिर ऊँची बाउंड्री वॉल जिसे पार करते ही लहलहाते खेत और बाग़ थे। शहर से आए हुए सभी मेहमान इसी नए घर में ठहराए गए थे। हवेली भी काफ़ी बड़ी थी, उसमें चाचीजी के तरफ़ के लोग और रागिनी की सहेलियाँ रुकी हुई थीं।

इन सब के बीच रह-रह कर कमर तक लंबे बाल और सफेद रंग का दुपट्टा उसे बेचैन कर रहे थे। जिस तरह से बेपरवाह होकर वो ट्रेन से उतरी थी ऐसा लग रहा था उसका आना जाना यहाँ अक्सर होता रहता था। अगर वो हवेली या इस घर में नहीं है, तो शहर में कहीं भी हो सकती है।

भरतपुर के पास यह एक छोटा सा शहर था। अगर वो इधर-उधर घूमेगा तो क्या वो उसे दिख जाएगी? या शायद वो शाम को

संगीत में भाग ले। दादाजी शहर में बड़े जर्मींदार थे। निश्चित रूप से उन्होंने सभी को इन्वाइट किया होगा। अगर उसकी किस्मत अच्छी होगी, तो वो शायद रागिनी की बेस्ट फ़्रेंड हो। और अगर ना मिली तो? उसकी बेचैन आँखें हवेली के हर तरफ़ उसे ढूँढने लगीं।

कुछ और सोच समर्थ मेहरा। ऐसे काम नहीं चलेगा।

चाचाजी ने दोनो घरों के आस पास की लैंड्स्केपिंग बहुत ही अच्छी करवाई थी। लोहे का, गज़ीबो सा, स्ट्रक्चर बैंगनी, गुलाबी बोगनविलिया से लदा, बहुत ही सुंदर लग रहा था। बहुत देर तक गार्डन और उसमें लदे हुए पेड़, पौधों को सराहते हुए, वो फिर अपना दिमाग पिछली रात भेजे हुए प्रेज़ेंटेशन पर ले आया। यह प्रोजेक्ट उसकी कम्पनी के लिए बहुत ज़रूरी था, अगर उसको मिल गया तो उसके पैर इंडस्ट्री में अच्छे से जम जाएँगे। प्रोजेक्ट के बारे में सोचते ही उसके कानों में वो खनकती हुई हँसी गूँजने लगी। कैसे मिलेगी वो? कुछ तो करना ही होगा। कोई तो चक्कर चलाना ही पड़ेगा। वैसे भी दो दिन कोई काम तो था नहीं।

"समर्थ, ज़रा यश को पकड़ो ना!" माँ ने अंदर से आवाज़ लगाई, जैसे उन्हें पता लग गया कि वो तफ़रीह करने की सोच रहा था, लेकिन यश को सम्भालना तो सबसे अच्छा काम था। "ट्रेन में सो चुका है तो अब खेलना है इसे," माँ ने कहा।

"आ जाओ, चैम्पीयन!" उसने कप बाल्कनी में रखी टेबल पर रखकर यश की तरफ हाथ बढ़ा दिए।

"चाछू!" यश ने चाचू को देखते ही अपने सोलह के सोलह दाँत दिखा दिए। उसको भी पता था कि अब मस्ती करने को मिलेगी।

"समर्थ, गोदी मत लो। पैदल चलना चाहिए, उसे," नैना की हिदायतें शुरू हो गयीं, "और कोई भी ठंडी चीज़ मत खिलाना।"

"अरे चिल करो, मम्मा!" उसने यश को अपने कंधों पर बैठाते हुए कहा। "हम यहाँ मस्ती करने ही तो आए हैं! चल बेटा, साथ में चाची को ढूँढेंगे।"

"चाची को मिलना तो बोलना बहुत ही अच्छा अरेंज्मेंट किया है," माँ ने सूटकेस में कुछ ढूँढते हुए कहा, और समर्थ के दाँतों के बीच फँसी हुई जीभ नहीं देखी।

इससे पहले कि उसके मुँह से कुछ और गड़बड़ निकलता, समर्थ यश को लेकर कमरे से निकल गया। सबसे पहले पता करना था कि वो कहीं इसी ख़ानदान की तो नहीं। कहीं अगर उसकी दूर की कज़िन निकल आयी तब तो बेड़ा गर्क हो जाएगा।

यश से एक तरफ़ा बातें करते-करते वो हवेली की तरफ़ चल पड़ा। हवेली पहुँचकर ऐसा लगा जैसे अपने बचपन में लौट आया हो। छोटे थे तो गरमियों की छुट्टियों में अक्सर सब कज़िंस यहीं इखट्टे होते थे। ज़्यादा नहीं तो दस-पंद्रह दिन तो साथ में गुज़ारते ही थे। दादाजी से तो आते ही मुलाक़ात हो गयी थी, लेकिन बाक़ी सब से बहुत सालों बाद मिलना हो रहा था। यश से मिलकर सब और भी ज़्यादा खुश थे, एक और जेनरेशन जुड़ गया था परिवार में।

सबसे मिलते-मिलते भी उसकी आँखें उस एक को ढूँढ रहीं थीं, लेकिन वो शायद यहाँ नहीं थी।

"किसको, किसको बुलाया है शाम को, चाची?" उसने कैज़ूअली पूछ ही लिया।

"सारा शहर तो हमें जनता ही है, किस को बुलाएँ और किस को छोड़ें, समझ ही नहीं आया, तो सबको ही बुला लिया।" चाची हंस पड़ी। "वैसे आज रात तो सिर्फ़ हम लड़की वाले ही हैं, कल तो पूरी बारात होगी। बस सब ठीक ठाक हो जाए।"

"सब ठीक ही होगा, मैं कुछ मदद कर सकता हूँ तो बताएँ," उसने कहा, लेकिन मन ही मन बहुत खुश हुआ, शायद आज शाम वो दिख जाए।

"नहीं, नहीं, हो जाएगा। सब इंतजाम कर दिया है तुम्हारे चाचाजी ने।"

उनसे विदा लेकर यश को थोड़ी देर इधर-उधर गार्डन और गज़ीबो में घुमाया, फिर वो आँख मलने लगा, शायद भूख लग रही थी, तो वो दोनो वापस आ गए। लंच का टाइम तो हो ही रहा था।

शाम को सब तैयार हो रहे थे तो उसको कमरे से बाल्कनी में निकाल दिया गया। अपने मोबाइल पर सारे ज़रूरी मेसेज चेक करके, जब कुछ करने को नहीं था तो वो गार्डन की फ़ोटो ही लेने लगा। एक फ़्रेम में ऐसा लगा कि जैसे कोई चल रहा था। कैमरे को ज़ूम किया, तो वो हवेली के पीछे, बाईं ओर से आते दिखी! थोड़ी देर तक तो वो बस देखता ही रह गया। ऐसा लगा कि समर्थ के ख़यालों ने उसे वहाँ हाज़िर कर दिया हो–बालों की वही झिलमिलाहट और वही लहराता दुपट्टा!

उसने लापरवाही से जब अपने सरकते दुपट्टे को कंधे पर फेंका, तब समर्थ को होश आया, और उसने धड़ाधड़ कई फ़ोटो ले डाली। सफ़ेद शायद उसका पसंदीदा कलर था। बगीचे को पार करते हुए वो जल्दी से गज़ीबो की ओर बढ़ गई। वो यहाँ ही रह रही थी! पहले क्यों नहीं दिखी? यह तो लक से भी लकी था!

नीचे भागने की जल्दी में समर्थ का मोबाइल हाथ से छूटने ही वाला था, पर उसने समय से लपक लिया। फिर सिर उठाया तो वो ग़ायब हो चुकी थी।

"अब तुम तैयार हो सकते हो, समर्थ," नैना ने बाल्कनी का दरवाज़ा खोलते हुए कहा, "क्या हुआ? कहाँ जा रहे हो?"

"थोड़ी देर में आता हूँ।" हाथ हिलाते वो जल्दी से सीढ़ियों की तरफ़ भागा। अगर वो फिर से खो गयी तो क्या होगा?

थोड़ा टाइम लगा वहाँ पहुँचने में, लेकिन उसकी क़िस्मत आज बहुत ही अच्छी थी। वो गज़ीबो के अंदर एक बेंच पर बैठी थी। वही चमकीले सफ़ेद मोती जैसे लिबास में, किसी कागज़ को टुकड़े-टुकड़े करती हुई। बेहाल सी दिख रही थी–अकेली और परेशान।

"अच्छा तो यह है आपका महल?"

वो चौंकी और झटके से खड़ी हो गयी। कागज़ के कोरे टुकड़े उसकी गोद से गिरकर कुछ हवा में और कुछ ज़मीन पर बिखर गए। अपना दुपट्टा बाहों में लपेटकर, वो उसे शक भरी नज़रों से देखने लगी।

"मैं, समर्थ। हम ट्रेन में मिले थे।" उसने परिचय देकर अपना हाथ आगे बढ़ाया, जिसे शाही स्टाइल में अनदेखा कर दिया गया।

"आप अक्सर यहाँ आतीं हैं क्या?" समर्थ ने हल्की सी मुस्कुराहट के साथ कहा।

भौं सिकुड़ गईं, लेकिन वो फिर भी कुछ नहीं बोली।

"मेरा नाम समर्थ है।" उसने फिर से कोशिश की। "मैं रागिनी का, मेरा मतलब दूल्हन का ... अम ... चचेरा भाई।"

"तो?" उसने चेहरा हल्के से उठा लिया, जैसे चुनौती दे रही हो।

अगर वो उसकी आँखों में झाँक नहीं रहा होता तो लगता जैसे हर कोई उसके पैर की जूती के नीचे था। पर आँखों में भाव अभिमान का नहीं, बल्कि अनजानी सी हिचक और दर्द का था– ऐसा लगा जैसे वो नए दोस्त बनाने से डर रही हो। लग रहा था हाल ही में कोई बड़ा धोखा खाया था। भोलेपन की वो झलक उसके कशिश में चार चाँद लगा रहे थे।

"तो...? तो क्या मुझे आपके शाही दरबार में शामिल होने की इजाज़त है, योर रॉयल हायनेस?" समर्थ ने सिर झुकाते हुए पूछा।

हैरान होकर उसने एक कदम पीछे ले लिया।

"क्या हम कुछ देर बात कर सकते हैं?"

"क्यों?"

कोई पहली मुलाक़ात में इस सवाल का क्या जवाब दे? समर्थ ने सच का सहारा लेना ही ठीक समझा। "क्योंकि आपकी आवाज़ और आपने मेरा चैन छीन लिया है, प्रिन्सेस।"

"क्या बकवास है!" वो एक क़दम और पीछे चली गयी।

"और पीछे नहीं, गिर–" समर्थ के बोलते-बोलते ही उसने फिर एक कदम पीछे लिया, और गज़ीबो के बाहर के स्टेप से गिरने ही वाली थी कि समर्थ ने आगे बढ़कर उसकी कलाई पकड़ ली।

"उफ़!" उसका दूसरा हाथ समर्थ की टी-शर्ट पर लपका। उसने इतनी ज़ोर से पकड़ा, कि समर्थ को भी पिलर का सहारा लेना पड़ा, नहीं तो दोनो ही ज़मीन पर होते।

"चोट तो नहीं आयी?" समर्थ ने उसे खींच के सीधा किया तो वो धप्प से पास वाली बेंच पर बैठ गयी। शायद उसका पैर ऐंठ गया था। समर्थ नीचे बैठ गया। "मैं देखूँ?"

"नहीं, नहीं, ठीक है।" पैरों को समेट कर वो ख़ुद ही अपने ऐंकल को सहलाने लगी।

हवेली की तरफ़ से कोई ज़ोर से चिल्लाया। वो आवाज़ की तरफ़ झटके से मुड़ी, दर्द से होंठ दाँतों के बीच दबाते हुए उठ खड़ी हुई।

"नंदिनी!" किसी ने फिर पुकारा, इस बार आवाज़ और क़रीब थी।

इससे पहले कि समर्थ कुछ समझ पाता, अगले ही पल लंगड़ाते हुए वो वहाँ से भाग गई।

"एक मिनट, रुको!" वो बोला, "अरे, सुनो तो... " लेकिन वो जा चुकी थी।

पौधों की आड़ में वो उसे जाते देखता रहा। घर के पीछे वाले दरवाज़े के पास एक समर्थ की उम्र का आदमी उससे बात करने लगा, फिर वो दोनो घर के अंदर चले गए।

"नंदिनी," समर्थ ने धीरे से कहा, उसके होंठों पर एक मुस्कान खेल गयी। उसका नाम भी उसकी रॉयल इमेज के साथ मैच कर रहा था।

~ ३ ~

"अरे, नंदिनी!" भईया हवेली के पीछे वाले दरवाज़े से गज़ीबो के तरफ़ ही आ रहा था। "कहाँ थी?"

"थोड़ा टहल रही थी, भईया।" भागते-भागते उसकी साँस फूल गयी।

"लँगड़ा क्यों रही है?"

"ऐसे ही ज़रा पैर मुड़ गया, अब ठीक है।"

"मौसी ने कुछ अनाप-शनाप तो नहीं कहा?"

"नहीं।"

"सच बोल रही है ना? अगर कोई कुछ भी बोले तो सीधे मेरे पास आना।"

वो मुस्कुरा दी। "तुम भी ना, मुझसे इतना प्यार भी अच्छा नहीं।"

"ज़्यादा डायलॉग मारना भी अच्छा नहीं। मम्मी चाय के लिए बुला रहीं हैं, फिर शाम के लिए तैयार भी होना है।"

नंदिनी सिर हिलाकर साथ में चल दी। कैसे बताए कि उसका मन नहीं था किसी भी प्रोग्रैम में शामिल होने का। सुबह घर पहुंचते ही उसका मूड ऑफ़ हो चुका था। स्टेशन से आने के बाद, मौसी ने सबका हाल-चाल पूछा, चाय नाश्ता ऑफ़र किया, फिर पहली फ़ुर्सत में उसे, मम्मी और भईया से अलग, अपने कमरे में बुलाकर फ़रमान सुना दिया। "नंदिनी, बुरा मत मानना, बेटा," मौसी ने शुरू किया, जैसे सभी करते थे, "बाकी सब जगह तो ठीक है, तुम बस मंडप वाले हॉल में मत जाना। ठीक है ना?" मौसी मुस्कुरा दी थी।

उसने भी मुस्कुराकर सिर हिला दिया था, लेकिन उनकी झूठी हमदर्दी से तन बदन में आग सी लग गयी थी। काफ़ी देर तक वो अपने कमरे में फोन लेकर पड़ी रही, फिर बोर होकर रागिनी के कमरे में चली गयी। मैडम रागिनी—सेंटर ऑफ़ अटेन्शन—ने उसे देखते ही अपने कपड़े प्रेस करने के लिए बोल दिया। हालाँकि उसने रिकुएस्ट की थी, लेकिन ऐसे कहा कि मना करने का कोई चांस ही नहीं था।

नंदिनी ने एक-दो कपड़े प्रेस किए ही थे, कि मौसी कमरे में आ गयीं और उनकी नाक-भों सिकुड़ गयी। मौसी ने रागिनी को आँख दिखाई तो उसने नंदिनी के हाथ से लहंगा ही खींच लिया!

आँसू रोकते हुए, नंदिनी फिर अपने कमरे में भाग गई। सोचा अब इस कमरे से निकलेगी ही नहीं। सब अपने आप को समझते क्या हैं? ठीक से बात भी नहीं कर सकते क्या? ऐसा भी क्या? मानो वो अछूत थी!

खैर, वो एक तरह से अछूत तो थी ही। अछूत नहीं कहें, पर अनलकी तो वो थी। उसकी आंखों में आंसू फिर आ गए थे, लेकिन उसने पलकें झपका कर उन्हें गले में भेज दिया। वो अब रोने वाली नहीं, बहुत रो चुकी थी। मम्मी से भी कुछ बोलने का कोई फ़ायदा नहीं था, पापा के जाने के बाद दो बच्चों को लेकर वो दादाजी और ताऊजी के परिवार पर डिपेंडेंट थी। बिना किसी इनकम के जोईंट फ़ैमिली की छाया में रहने से उन्होंने अपनी पहचान ही खो दी थी।

नंदिनी ने पहले यह सब नोटिस नहीं किया था, लेकिन कुछ महीनों से जबसे उसे कहीं बाहर जाने की इजाज़त मिली, तो कई बार ऐसे बिहेव्यर का सामना करना पड़ रहा था। मम्मी पर भी काफ़ी गुस्सा आ रहा था। जब उसे किसी जगह जाना, या किसी रस्म में शामिल होना अलाउड ही नहीं था, तो उसे खींच के लाई ही क्यों?

'ऐसे सोचना बंद करो, नंदिनी।' खुद को डांटते हुए, अपने किंडल पर नॉवल पढ़ने लगी।

कहानी थोड़ी स्लो थी, कुछ देर में वो बोर होने लगी तो सोचा थोड़ा वक़्त बाहर ही बिता लिया जाए। इस समय पीछे वाले गार्डन में कोई नहीं होगा, सोचकर वो गज़ीबो की तरफ़ चल पड़ी थी, पर वहाँ पर तो कोई और ही पागल टाइप का नमूना बैठा था, जिसकी वजह से उसे फिर कमरे में क़ैद होना पड़ा।

'प्रिन्सेस, माए फुट!' नंदिनी ने अपना ऐंकल दबाते हुए कहा। सब लड़के सोचते हैं कि वो लड़कियों के लिए भगवान का भेजा हुआ नायाब गिफ़्ट हैं। स्मग इडियट! झुँझलाते हुए भी उसका दिल धक से रुक कर फिर चल दिया। वैसे मानना पड़ेगा कि वो काफ़ी हैंडसम था। जैसे नीचे बैठकर उसके पाँव पकड़ने को तैयार था, तो अजीब भी लगा और अच्छा भी।

"अरे नंदिनी, तैयार नहीं हुई?" संध्या ने अंदर आते हुए पूछा।

"क्या तैयार होना? मैं ऐसे ही ठीक हूँ," नंदिनी ने औंधे मुँह लेटे-लेटे ही कहा।

"क्या बात कर रही हो, मुझे पता है तुम सितारों वाला अनारकली-सूट और मोती वाले झूमके लाई हो।"

"मम्मी से बात कर ली तुमने?"

संध्या मुस्कुराकर उसके पास बैठ गयी। उसको देख कर लगता ही नहीं था कि वो मौसी की बेटी और रागिनी की छोटी बहन थी। नर्म स्वभाव की सीधी-साधी, सभी का ख़याल रखने वाली लड़की थी, संध्या।

"तुम्हारे दादाजी ने तुम्हें आने कैसे दिया?"

"भईया ने अल्टिमेटम दे दिया था, अगर नंदिनी नहीं जाएगी तो मैं भी नहीं जाऊँगा। जबसे कमाने लगा है दादाजी उसकी बात सुनने लगे हैं।"

"तुम भी तो कमा रही हो, तुम्हारी तो नहीं सुनते!"

"मेरी इतनी सैलरी नहीं है, कि मैं अकेले रह सकूँ।"

"फिर भी। अब जब जॉब लग गयी है तो सैलरी तो बढ़ेगी ही ना!"

नंदिनी हल्के से हंस पड़ी। क्या बोलती? ज़िंदगी भर की ट्रेनिंग कुछ महीनों में तो नहीं बदल सकती।

"मम्मी और रागिनी की बात का बुरा मत मानना, तुम्हें पता है ना कि हम सब ऐसा नहीं सोचते। तो दोनो भी ऐसा नहीं सोचतीं हैं लेकिन शादी की तैयारियों में इतने लोगों से मिलीं हैं कि उन्हें भी वहम सा हो गया है, शायद।"

नंदिनी ने कुछ नहीं कहा, और वैसे ही पड़ी रही।

"अच्छा चलो तैयार हो जाओ, मैं एक घंटे में आऊँगी तुम्हें लेने।" संध्या उसका कंधा थपथपा कर चली गयी, लेकिन नंदिनी का उठने का मन ही नहीं किया। कहीं कोई और ना टोक दे, इस ख़याल से वहीं पड़ी रही।

थोड़ी देर में भईया का फ़ोन आया, उसको केटरर्स पर ध्यान रखने की ज़िम्मेदारी दी गयी थी। उसे भी नंदिनी जल्दी ही नीचे आने का बोलकर फिर लेट गयी। जब म्यूज़िक, ढोलक और मंजीरे की आवाज़ कानों में पड़ने लगी, तो उससे रहा नहीं गया। झटपट कपड़े बदलकर, कानों में झुमके पहनकर, बालों को ब्रश करने लगी। मेक-अप तो करना नहीं था। कुछ सोचकर दोनो हाथों में चाँदी का एक-एक कड़ा भी डाल लिया और नीचे चल दी।

"किसको ढूँढ रहे हो?" नैना ने मुस्कुराते हुए पूछा। समर्थ और वो शामियाने में बिलकुल पीछे बैठे थे। संजना और माँ आगे, स्टेज के पास वो दोनो चाची, बुआ के साथ थीं। नैना को वैसे भी डान्स में कोई दिलचस्पी नहीं थी, और यश कुछ ज़्यादा ही चंचल होकर इधर-उधर दौड़ना चाह रहा था, तो शामियाने के पीछे की जगह खाली और सेफ़ थी।

"किसी को तो नहीं," समर्थ ने इधर-उधर नज़र दौड़ाते हुए कहा।

"मैंने तुम्हें किसी लड़की के लिए इतना डेस्प्रेट होते कभी नहीं देखा। लगता काफ़ी ज़ोर का इम्प्रेशन मारा है उसने। मैंने कभी—" समर्थ के चेहरे पर अचानक आयी चमक देखकर नैना चुप हो गई, और उसकी आँखों की सीध में देखा तो घर की तरफ़ से शामियाने के अंदर आती हुई एक ब्लैक और सिल्वर सूट में एक लड़की दिखाई दी—लम्बे घुंघराले बाल एक पोनीटेल में बंधे हुए, और चेहरे

पर ज़रा भी मेक-अप नहीं। इतने रंग-बिरंगे माहौल के बीच उसकी सादगी बहुत एलिगेंट लग रही थी।

नैना ने समर्थ की तरफ़ निगाह डाली तो मुस्कुरा दी। समर्थ के आँखें सिर्फ़ उसी पर टिकी थीं, जैसे कि कोई जादू कर दिया हो। साथ-साथ पले बड़े होने की वजह से नैना के लिए समर्थ की ज़िंदगी खुली किताब थी। उसकी लाइफ़ में बहुत सारी ख़ूबसूरत, सफ़िस्टिकेटेड लड़कियाँ आयीं, लेकिन इस तरीक़े से लट्टू वो कभी नहीं हुआ था।

नैना ने फिर से उस लड़की की तरफ़ देखा। वो शामियाने के अंदर आयी तो, लेकिन एक पिलर के पास खड़ी होकर स्टेज पर होने वाले प्रोग्राम देखने लगी। किसी ने ना उसको अपने पास बुलाया और ना ही उससे बात की। ऐसा लग रहा था जैसे सब उससे कट-कट कर जा रहे हों।

"मैं एक मिनट में आऊँ?" समर्थ खड़ा हो गया था।

"अरे, मुझे छोड़ के कैसे जा सकते हो?" नैना ने अपनी हँसी दबाते हुए कहा।

"ठीक है, नहीं जा रहा।" वो फिर बैठ गया।

"अच्छा जाओ, मैं तो मज़ाक़ कर रही थी," नैना ने जैसे ही कहा समर्थ बंदूक़ की गोली की तरह उसकी तरफ़ चल पड़ा।

अगले ही पल नैना की हँसी ग़ायब हो गयी, और माथे पर सिलवटें आ गयीं। उस लड़की ने समर्थ को देखा, और जैसे ही उसे समझ में आया कि समर्थ उसकी तरफ़ आ रहा था, वो उलटे पाँव घर के अंदर भाग गयी। ऐसा क्यों? नैना को गुस्सा आने लगा। शायद ही कोई लड़की ऐसी होगी जो उनके समर्थ को पसंद ना करे!

उसे वापस जाते हुए देखकर समर्थ जहाँ था वहीं रुक गया। उसे समझ ही नहीं आ रहा था, कि ऐसा क्या हुआ कि वो बिलकुल बात करने को तैयार ही नहीं थी। ऐसे तो कभी किसी ने भी उसे रिजेक्ट नहीं किया था। एक पल को लगा कि बस बहुत हो गया, भाड़ में जाए, लेकिन उसके अजीब से बिहेव्यर ने समर्थ को वजह जानने के लिए उत्सुक कर दिया। कुछ तो गड़बड़ है। शायद रिश्तेदारों के बीच वो उससे मिलना ना चाहती हो। मामले की

तह तक जाना ही पड़ेगा। लेकिन क्या यह सही होगा? कहीं कोई मुसीबत ना खड़ी हो जाए।

अपनी कश्मकश से जूझते हुए थोड़ी देर के बाद वो भी घर के अंदर चल दिया। घर का कोना-कोना तो उसे पता ही था। थोड़ा टाइम लगा, लेकिन उसे ढूँढ ही निकाला। वो छत पर पड़े हुए केन के झूले पर मिली। बालों को एक तरफ़ कंधे पर डालकर वो आसमान की तरफ़ देख रही थी।

"चोट ठीक हो गयी?" समर्थ ने पूछा ही था कि वो चौंककर हड़बड़ी में उठी और झूला हिलने से छोटे बच्चे की तरह धप्प से ज़मीन पर गिर गयी। बहुत मुश्किल से वो अपनी हँसी रोक पाया।

"इस तरीक़े से पीछे से बोलने का क्या मतलब था?" वो उठी और अपने कपड़े झाड़कर फिर झूले पर बैठ गयी।

"तुम इतनी जम्पी क्यों हो, और मुझे देखकर भाग क्यों जाती हो? जैसे मैं कोई गली का गुंडा हूँ!"

"तुम मेरे पीछे क्यों पड़े हो? पीछे पड़ने वाले लोग मुझे पसंद नहीं।"

"फिर बात कैसे होगी? किसी को तो शुरू करना पड़ेगा।"
वो कुछ नहीं बोली।
"बात करना जुर्म है क्या?" समर्थ ने फिर शुरू किया।
"मैं बात नहीं करना चाहती।"
"क्यों?"
"मेरी मर्ज़ी!" उसने कहा और आसमान की तरफ़ देखने लगी।
समर्थ मुस्कुरा दिया। उसके अन्दाज़ में फिर वही शाही नख़रा आ गया था।

"जो हुकुम, प्रिन्सेस।" वो वहीं पास वाली चेयर को उसकी तरफ़ घुमाकर बैठ गया। बालों को ईखट्टा करके फिर सामने ले आयी। शायद पीछे दब रहे थे, या उसको ग़र्मी लग रही थी, समर्थ को पता नहीं लेकिन उसकी सारी अदाएँ उसे बहुत अच्छी लग रहीं थीं।

आसमान की तरफ़ देखते-देखते बीच-बीच में एक नज़र उसकी तरफ़ भी डाल रही थी। पाँच मिनट के बाद उठ खड़ी हुई। "कहीं भी

चैन नहीं है!" वो बुदबुदाई, लेकिन समर्थ को सुनाई दे गया। शायद सुनाने के लिए ही बोला था।

"अब मैंने क्या किया? कुछ तो नहीं बोला! कहाँ जा रही हो?"

"मेरा पीछा मत करो, प्लीज़।"

"अरे, मेरी बात तो सुन–"

उसका फ़ोन बज उठा। "हेलो, हाँ भईया... मैं नीचे ही थी... फिर ऊपर आ गयी।" वो सीढ़ियों की तरफ़ चल पड़ी। "हाँ, हाँ... आ रही हूँ।"

बहुत देर तक समर्थ वहीं बैठा सोचता रहा। सबसे इतना कटा-कटा, इतना अलग कोई क्यों और कैसे रह सकता है? शादियों में तो उसकी उम्र की लड़कियाँ अक्सर दीवानी हो जाती हैं। कपड़े, जेवेलरी, गुट बनाकर घूमना और लड़कों को चेक-आउट करके खिलखिलाना तो आम बात थी। पर वो सबसे अलग क्यों थी? उसके चेहरे पर बाक़ी लड़कियों की तरह मुस्कुराहट क्यों नहीं थी? थोड़ी देर माथापच्ची करने के बाद जब उसे कोई जवाब नहीं मिला तो वो भी नीचे आ गया।

नंदिनी फिर कहीं नहीं दिखी।

अगले दिन फ़्रेश होकर जब नंदिनी नीचे हॉल में आयी तो नाश्ता लग चुका था।

"आओ नंदिनी, नाश्ता कर लो। मिहिर ने तो कर लिया," मामा ने भईया का नाम लेते हुए कहा, उन्हें पता था कि वो भईया को खिलाए बग़ैर नहीं खाती थी।

मेथी के पराठे देखकर नंदिनी के मुँह में पानी आ गया। उसको ग़ज़ब की भूख लग रही थी, क्योंकि उस मजनू की वजह से कल डिनर भी नहीं हो पाया था। छत से नीचे आने के बाद वो फिर शामियाने में गई ही नहीं। घर के किचन में शाम के स्नैक्स खाकर ही सो गयी थी। अपनी प्लेट में मेथी के पराठे और सौंठ-इमली की चटनी लेकर वो सब के पास सोफ़े पर बैठ गयी।

"समर्थ, प्रिया के लिए एकदम सही होगा। दोनो यहां एक दूसरे से मिल भी सकते हैं, आज। मैंने तो कुंडली भी मिलवा ली है," मौसी की ननद बोल रहीं थीं।

उसका नाम सुनते ही पराठा जैसे रेत में बदल गया। अच्छा तो उसकी बात प्रिया से चल रही थी, और वो उसके आगे-पीछे घूम रहा था! ठीक है, बच्चू, पहले ही मौक़े पर उसे सेट करूँगी!

"नंदिनी!" जैसे ही उसका नाश्ता ख़त्म हुआ, मौसी की ननद ने उसे अपने पास बुलाया। "बेटा, बुरा मत मानना, लेकिन तुम्हें इतने चमकदार कपड़े और बड़े-बड़े झुमके नहीं पहनने चाहिए, अच्छा नहीं लगता। हाथों में भी सिर्फ़ पतली सोने की चूड़ियाँ ही ठीक हैं, अगर भाई ने दी हों तो, नहीं तो लोहे की एक ही ठीक हैं। चूड़ियाँ खनकनी नहीं चाहिए, थोड़ा मर्यादा का ध्यान रखना चाहिए।"

नंदिनी के दिल पर लगी चोट को उन्होंने फिर से कुरेद दिया था। उसके सीने में दर्द उमड़ आया, लेकिन उसने कुछ ज़ाहिर नहीं होने दिया। हल्के से सिर हिलाकर वहाँ से चली गयी।

"**मैं** तुम्हें ढूँढ रहा था। पता था कि तुम यहाँ ही मिलोगी।"

नंदिनी ने उसकी आवाज़ पर अपनी आँखें बंद कर लीं, पर अपने दिल की धड़कन को तेज होने से नहीं रोक पायी। पूरे दिन उसने मम्मी, मौसी, मैडम दुल्हन और सारे लोगों से छुपने की कोशिश की थी। अब, जब उसे लगा कि सब लोग बारात की तैयारी में बिज़ी होंगे तो पीछे गज़ीबो में उसे कुछ शांति मिल सकती है, लेकिन नहीं!

वो क्या खेल खेल रहा था–प्रिया के साथ लगभग एंगेज्ड था और फिर भी उसके साथ फ़्लर्ट कर रहा था? क्या उसे लगा कि साइड में नंदिनी के साथ भी चक्कर चला सकता है? एक ही परिवार की लड़की के साथ? हाउ कनविनीएंट! उसने क्या सोचा था, कि वो उसका साथ दे देगी, उसके खुद के स्टैटस की वजह से?

"तुमने शादी के लिए कपड़े क्यों नहीं चेंज किए? और तुम्हें तो दुल्हन के साथ होना चाहिए, वो तुम्हारी बहन है ना?"

वो वहीं सीढ़ियों के पास बैठ गया, बिलकुल उसके पास। उसकी आस्तीन नंदिनी की बांह को छू रही थी। उसकी डीओ की ख़ुशबू की एक लहर नंदिनी को छेड़ कर चली गयी–मस्क था शायद। उसे अपनी पूरी इच्छा-शक्ति लगानी पड़ी, वहाँ से ना हिलने और ना ही उसकी तरफ़ देखने में। "प्लीज़, जाओ यहाँ से।"

"क्यों?"

"क्या तुम्हें नहीं लगता कि यह गलत है?"

"गलत?" वो आश्चर्य से उसकी तरफ़ घूमा, "नहीं।"

आँखें तरेरते हुए, वो भी उसकी तरफ़ मुड़ी। नंदिनी का दिल फिर से धड़क गया। उसकी तरफ़ देखना गलत कदम था। क्रीम कलर की शेरवानी, माथे पर लाल तिलक के साथ, वो किसी शादी के कैटलॉग का मॉडल लग रहा था, और उसे ऐसे देख रहा था जैसे कि उन दोनों के अलावा दुनिया में कोई और है ही नहीं। अक्टूबर की ठंडी हवा में उसके बाल माथे पर खेल रहे थे। नंदिनी का दिल और ज़ोर से धड़कने लगा। नज़रें झुका कर वो अपना मोबिल चेक करने लगी। "यह सही नहीं है।"

"क्या सही नहीं है?"

"ज़्यादा मासूम बनने की ज़रूरत नहीं है। मुझे पता है।"

"क्या पता है तुम्हें?" उसकी भौंहें आपस में मिल गयीं। "मुझे नहीं लगता कि हम एक ही लेवल पर बात कर रहें हैं।"

वो खड़ी हो गयी, बिलकुल भागने को तैयार, लेकिन इस बार वो तैयार था, झट से उसका हाथ पकड़ लिया। "आज मैं तुम्हें जाने नहीं दूँगा, बैठ जाओ।"

"कोई भी मुझे ऑर्डर नहीं दे सकता।"

वो मुस्कराया। "यह एक रिक्वेस्ट है। मेरी बात सुन तो लो।" उसने हल्के से उसका हाथ खींचा। "प्लीज़, प्रिन्सेस।"

अपनी कलाई छुड़ाकर वो बैठ गयी, लेकिन थोड़ा अलग कम से कम एक फुट की जगह रख कर। उसका धड़कता दिल आने वाली आफ़त का संकेत दे रहा था।

"मेरा नाम समर्थ है, मैं रागिनी का चचेरा भाई हूँ। मेरी मुंबई में एक आईटी कंपनी है, स्टार्ट-अप है। मैं तुमको यह सब इसीलिए बता रहा हूं क्योंकि मैं इस मामले में बहुत सीरीयस हूँ।" उसने एक गहरी सांस ली, जैसे हिम्मत जुटा रहा हो। "जब से मैंने तुम्हें देखा है... नहीं... तुम्हें सुना है, ट्रेन में, मैं तुम्हारी तरफ एक अजीब सा खिंचाव महसूस कर रहा हूँ। तुम मेरे अंदर जो कुछ जगा रही हो वो मुझे समझ नहीं आ रहा।"

नंदिनी ने आँखें रोल करीं।

उसने देख लिया लेकिन गुस्सा नहीं हुआ, थोड़ा रुककर फिर बोला, "मैं शायद ठीक से समझा नहीं पा रहा हूं। क्या तुम्हारे साथ भी ऐसा ही कुछ हो रहा है?"

"नहीं!" समर्थ के शब्द जो उथल-पुथल उसके मन में जगा रहे थे उसे छिपाने में वो कामयाब हो गयी थी।

"प्लीज़, नंदिनी... मेरी तरफ़ देखो। यह मेरे लिए भी थोड़ा मुश्किल है, और थोड़ा अजीब भी। मैंने इसके बारे में सुना था। ये... ये एक... एक तरह का कनेक्शन, दोस्तों से सुना या फिल्मों में देखा था। लेकिन मुझे इस पर कभी यक़ीन नहीं हुआ। ऐसा पहली बार हो रहा है।"

"क्या तुम मुझे प्रपोज़ कर रहे हो?"

अपने बालों में उँगलियाँ फेरते हुए, उसने एक लम्बी साँस ली। लगा कि थोड़ा झेंप भी रहा था। "शायद हाँ... एक तरह से, हाँ। मुझे लग रहा है जैसे हमारे बीच में एक कनेक्शन है। मैं–"

उसकी वो झिझक नंदिनी के दिल को छू गयी, लेकिन फिर भी उसकी बात को वहीं काटना ज़रूरी था। "तब भी जब तुम्हारी शादी की बात मेरी बहन प्रिया के साथ चल रही है।"

"मेरी शादी!" उसके माथे पर बल पड़ गए। "प्रिया? ये प्रिया कौन है? तुम्हारे कितने भाई बहन हैं?"

"कई।"

"मुझे किसी प्रिया के बारे में कुछ नहीं पता। बस प्लीज़, मेरी बात सुनो–"

"क्या होगा अगर मैं कहूँ कि मैं अफ़ेर के मार्केट में नहीं हूँ।"

"अफ़ेर? मैंने अफ़ेर कब कहा?" अब वो गुस्सा हो गया। "बेहूदे मज़ाक मुझे पसंद नहीं, मैं सीरीयस हूँ।"

"और मैं एक विडो।" जैसे ही उसने सच उगला, उसने अपनी नज़रें समर्थ पर टिका लीं। वो बहुत ध्यान से उसके चेहरे के उतार चढ़ाव को देखती रही। दो पल के लिए शिकन आयी ज़रूर, लेकिन फिर वो रिलैक्स हो गया। एक लम्बी सी साँस छोड़ी और मुस्कुरा दिया। "तुम मज़ाक़ कर रही हो।"

"नहीं। ये कोई मज़ाक़ करने की बात है क्या?"

"नहीं, बिलकुल नहीं, सॉरी।" उसकी मुस्कुराहट ग़ायब होकर चिंता में बदल गयी। "मैं ... मैं... समझ नहीं आ रहा, मैं क्या कहूँ।" उसने सिर हिलाया, जैसे उसे अभी भी विश्वास ना हो रहा हो।

नंदिनी सामने लगे गुलाब को देखते हुए उसकी एग्ज़िट स्पीच का इंतज़ार करने लगी। सब लोग ही ऐसा करते थे। जैसे ही उन्हें उसके विधवा होने का पता चलता था, दाएँ-बाएँ देखते, हकलाते हुए अपने रास्ते चले जाते थे। उसे कभी ज़्यादा फ़र्क़ नहीं पड़ा, लेकिन आज उस का दिल बैठ रहा था। पता नहीं क्यों?

"आय एम रियली सॉरी," वो बोला, "एक पल के लिए मैं डर गया। मुझे लगा, तुम कहोगी कि तुम शादीशुदा या एंगेज्ड हो। क्या यही कारण है कि तुम सफ़ेद कपड़े पहनती हो? कितना सदमा लगा होगा।कितनी छोटी हो तुम, इतनी जल्दी शादी कैसे हो गई?"

नंदिनी के आश्चर्य की सीमा नहीं थी जब समर्थ के टोन में कोई हिचकिचाहट महसूस नहीं हुई, उलटे वो उसके साथ सिम्पथी दिखा रहा था। नंदिनी ने उसकी तरफ देखा। वो अभी भी बैठा था, उसी की तरह, सामने फूलों की झाड़ी को देखते हुए।

कुछ देर की खामोशी के बाद वो फिर उसकी ओर मुड़ा। "लेकिन इससे कुछ भी नहीं बदला है। मैं तुम्हारे लिए अभी भी वही महसूस करता हूं।"

नंदिनी हैरान सी उसे देखते रही। उसे समझने की कोशिश करती रही। वो किस मिट्टी का बना था? क्या चाहता था उससे? और वो क्यों खुश थी कि वो दूसरों की तरह नहीं था?

समर्थ ने उसका चेहरा स्कैन किया। "तुम क्या सोच रही हो, प्रिन्सेस?"

नंदिनी ने नज़रें झुका ली।

"यही कि मैं भाग जाऊंगा?"

वो अपनी उंगली से दुपट्टे पर सफेद पैटर्न ट्रेस करने लगी। फूल के बेलों से छन-छन कर चाँदिनी उसके चेहरे और बालों पर रूपहली परछाइयाँ फेंक रही थी। कानों में चाँदी के बड़े झूमके उसके गले को चूम रहे थे। समर्थ को समझ आ रहा था कि उसके साथ पहले

भी ऐसा कुछ हो चुका था। समाज बहुत ही बेरहम था, लड़कियों के लिए तो और भी ज़्यादा। "नंदिनी, मैं–"

"मुझे लगता है कि तुमको इस बकवास के बारे में सोचना बंद कर देना चाहिए और प्रिया से मिल लेना चाहिए। वो अच्छी लड़की है।"

"और तुम नहीं हो?"

वो हल्के से हंस दी। "नहीं, मैं नहीं हूँ।" उसके गाल पर एक डिम्पल दिखाई दिया, अब तो समर्थ को पक्का यक़ीन हो चुका था कि वो ही उसके लिए सबसे सही चॉयस थी।

"तो तुम कौन हो?" वो भी मुस्कुराया।

"मैं एक विच हूँ, काला जादू करती हूँ।" मुस्कुराते हुए, उसने उसे कनखियों से देखा। "ट्रस्ट मी।"

समर्थ का दिल एक बार फिर धड़क गया। "अगर तुम विच हो तो मैं भी डेविल से कम नहीं।"

वो खिलखिलाकर हंस पड़ी, लेकिन जल्दी ही शांत हो गयी। "मुझे जाना चाहिए।"

"क्यों?"

"और तुम्हें प्रिया से मिल लेना चाहिए।" उसने उसके सवाल को इग्नोर ही कर दिया।

"क्यों?"

वो खड़ी हो गयी।

"कब तक भगोगी मुझसे?" समर्थ ने उसकी तरफ़ देखा। "मैं थोड़ा सिरफिरा टाइप का इंसान हूँ। कुछ ठान लेता हूँ तो जल्दी छोड़ता नहीं।"

"बाय, तुमसे मिलकर खुशी हुई, समर्थ।"

इससे पहले कि वो उसे रोक पता, शमियाना के एंट्रन्स पर कुछ हंगामा होने लगा। शायद बारात आ गयी थी। मोटे बोगनविलिया की बेल के बीच से, काफ़ी कुछ दिख रहा था। कुछ लोग उनकी तरफ़ आ रहे थे।

"मुझे लगता है कि वो तुमको ढूँढ रहे होंगे और लाने के लिए शंकर काका को भेजा है। तुमको मेरे साथ नहीं दिखना

चाहिए।" वो उठकर पौधों के पीछे छिपने की कोशिश में दूसरी तरफ चली गई।

"नंदिनी? क्या बकवास है! वापस आओ।"

"प्लीज़ जाओ।" अपना हाथ हिलाकर उसने उसको दूर जाने का इशारा किया। "प्लीज़, मैं मुश्किल में पड़ जाऊंगी। यह छोटा शहर है, यहाँ यह सब ठीक नहीं मानते।"

"शादी में तो आओगी, अभी?"

"नहीं, मुझे मंडप में जाना अलाउड नहीं," कहकर वो पीछे कहीं ग़ायब हो गयी।

'अलाउड नहीं है! अलाउड? क्या बकवास है!' समर्थ भुनभुनाते हुए गज़ीबो से बाहर चला गया।

उसने कहा था कि वो नहीं आएगी, लेकिन फिर भी समर्थ पूरी रात होप करता रहा कि कहीं तो मिल जाए। मंडप में नहीं, तो डिनर हॉल में, लेकिन वो दिखाई नहीं दी।

"किसको ढूँढ रहे हो, मेरे छोटे भाई।" संजना कुल्फ़ी लेकर उसके पास आके बैठ गयी। जब समर्थ ने उसकी तरफ़ देखा भी नहीं तो वो फिर से बोली, "वैसे तुम ना भी बताओ तो भी मुझे पता है।"

"माइंड योर बिज़्नेस।"

"क्या इसने तुम्हें इंसल्ट किया, सिस्टर?" सिद्धार्थ भी यश को लेकर आ गया। संजना ने ड्रामा करते हुए सिर हिलाया। सिद्धार्थ और पापा आज की गाड़ी से आए थे। "एक ही एक तो बहन है हमारी, समर्थ। नॉट गुड।"

"नॉत गूद!" यश को अपने पापा की हर बात रिपीट करनी होती थी।

"हुआ क्या?" सिद्धार्थ ने पूछा।

"समर्थ का कोई खो गया है," संजना ने कहा तो समर्थ ने उसे घूर कर देखा।

"अरे तो इसमें कौन सी बड़ी बात है? सब यहीं होंगे, मिलकर ढूँढ लेते हैं, बताओ हम भी हेल्प करेंगे।"

"एलप कलेंगे।"

समर्थ को पता था यह जुगलबंदी ख़त्म नहीं होने वाली, तो वो उठ खड़ा हुआ।

"अरे समर्थ!" नैना भी आ गयी। "कहाँ जा रहे हो? थोड़ा बैठो ना। बड़ी मुश्किल से सब का पीछा छुड़ा के आयी हूँ? शादी में सब दीवाने हो जाते हैं। बुआ तो अभी भी मेरे से नाराज़ हैं कि मैंने सिद्धार्थ को फँसा लिया।"

सिद्धार्थ हंस पड़ा, और नैना की तरफ़ एक फ़्लाइइंग किस उछाल दी। "लकी मी।"

यश ने भी अपनी मम्मी को फ़्लाइइंग किस दे दी।

"इतने सालों बाद भी?" संजना का ध्यान समर्थ से हट गया। "अब क्या बोली?"

"कह रही थी मेरे लहंगे का कलर मुझे सूट नहीं करता।"

"बोलना था ना कि सिद्धार्थ ने पसंद किया है," सिद्धार्थ ने उसके गालों को सहलाते हुए कहा।

"या फिर बोल देती कि आपकी साड़ी, जो आप पर बहुत अच्छी लगती है, वही कलर है!" संजना ने भी जोड़ दिया, अब समर्थ की बारी थी नैना का मोराल बूस्ट करने की, लेकिन उसे कुछ सूझा ही नहीं।

"यह तो पूरा गया!" संजना ने समर्थ की तरफ़ हाथ झटकते हुए कहा।

"हुआ क्या है? वो लड़की अभी भी नहीं मिली क्या?" नैना ने यश को थोड़ी सी जलेबी खिलाई।

"कौन सी लड़की?" सिद्धार्थ के कान खड़े हो गए।

"शी ल्लकी?" यश भी क्यों पीछे रहता, शिद्दत से सबकी बातों में लगा हुआ था।

"अब लगता है मुझे ही कुछ करना पड़ेगा," संजना बोली और मंडप के दूसरी ओर चल दी।

अगले दिन सब आराम से पड़े थे, या सो रहे थे। विदाई हो चुकी थी, बारात जा चुकी थी। शादी अच्छे से हो जाए ये लड़की वालों के लिए बड़ी सुकून की बात होती है। लेकिन समर्थ को बिलकुल भी चैन नहीं मिला। उसकी आँख अभी खुली भी नहीं थी, कि दोनो बुआ आकर गेस्ट हाउस में धमक गयी।

"सिद्धार्थ के लिए तो तुमने अपनी मर्ज़ी की, लेकिन समर्थ के लिए तो तुम्हें प्रिया से मिलना ही होगा," बड़ी बुआ माँ से कह रहीं थीं।

"मुझे अभी शादी नहीं करनी," समर्थ माँ को किसी झंझट में नहीं फँसाना चाहता था, इसीलिए पहले ही बोल पड़ा।

"अरे, शादी इस साल थोड़े ही होनी है। सब कुछ तय होते-होते साल-छह महीने तो लग ही जाता है। तब तक तुम सत्ताईस के हो जओगे, वो सबसे सही उम्र होती है शादी की। है ना, गीता भाभी?" छोटी बुआ बोली।

माँ ने हल्की स्माइल के साथ सिर हिला दिया।

"शादी की उम्र यही अच्छी होती है लड़कों के लिए, छब्बीस, सत्ताईस।" बड़ी बुआ ने भी बात पर अपनी मोहर लगा दी।

"नहीं, अभी जल्दी है," समर्थ ने कहा।

"बेटा, क्या कमी है उसमें? पढ़ी लिखी है, गोरी तो बहुत है, अच्छी दिखती है। परिवार भी बहुत अच्छा है। और क्या चाहिए?" बुआ बोली।

उसने तंग आकर पापा की ओर देखा, उन्होंने अपना सिर हिलाते हुए, कंधे उचका दिए। यह उनके लिए भी एक सर्प्राइज़ था। जब बुआ नहीं मानी, समर्थ ने प्रिया से मिलने से भी मना कर दिया। वो किसी भी लड़की को झूठी उम्मीदें नहीं देना चाहता था।

"ऐसी भी क्या ज़िद है? बस एक बार हाय-हेलो ही तो कहने के लिए बोल रही हूँ! मेरी बात का मान भी नहीं रख सकता क्या?"

"समर्थ किसी और को पसंद करता है।" संजना ने पहले से ही काम्प्लेक्स सिचूएशन के भँवर में एक और पत्थर गिरा दिया। सभी की आँखें संजना और उसके बीच टेनिस बॉल की तरह उछलने लगीं। समर्थ ने उसको बहुत इशारे करने की कोशिश की, लेकिन उसने उसकी तरफ़ देखा ही नहीं और रहस्यमय तरीके से मुस्कुराती रही।

"कौन?"

"वो ही जिसको सफेद रंग बहुत पसंद है," उसने खुलासा कर दिया।

कमरे में सन्नाटा छा गया। समर्थ ने अपनी आँखें बंद कर ली।

"क्या तुम नंदिनी से मिले? कब मिले?" बुआ ने आँखें तरेरते हुए पूछा।

"कौन नंदिनी?" समर्थ ने उसको बचाने की कोशिश की। "मुझे तो ऑफ़िस में कोई–" लेकिन बुआ को इतनी जल्दी बेवक़ूफ़ कोई नहीं बना सकता, वो भी तब जब संजना ने सफ़ेद कपड़ों वाली बात बोल ही दी थी।

"हे भगवान!" बड़ी बुआ ने एक हाथ अपनी छाती पर और दूसरा माथे पर रखा और ड्रामा शुरू हो गया।

संजना चुपचाप खड़ी रही और जीभ निकालकर माफ़ी वाली नज़रों से समर्थ की तरफ देखती रही। उसे समझ में आ गया कि बहुत बड़ी गड़बड़ हो गई, लेकिन तीर निकल चुका था।

"भाभी!" छोटी बुआ ने आँखें बंद करके माँ का हाथ पकड़ लिया। "उसके बारे में तो किसी को सोचना ही नहीं चाहिए। वो एक विधवा है। उसकी तो नज़र ही काली है! जहाँ भी जाती है दुःख और निराशा ही मिलती है। उसके जन्म के एक महीने के बाद ही

उसके पापा गुजर गए, और उसकी शादी के एक महीने के अंदर ही हसबेंड भी ऐक्सिडेंट में चल बसा। और अब उसने प्रिया के मौके को भी बर्बाद कर दिया!"

"व्हाट नॉन्सेन्स, बुआ!" अब संजना भी इरिटेट होने लगी थी।

"सोचने की तो बात है ही नहीं। क्या हमारा इतना अच्छा लड़का, एक विधवा से शादी करेगा?"

समर्थ को और ज़्यादा गुस्सा आने लगा। दोनो की बातें सुनकर उसको नंदिनी की हरकतों के पीछे की वजह भी समझ आने लगी थी। लेकिन बुआ नंदिनी के बारे में शुरू हुयीं तो उन्हें कोई भी रोक नहीं सका। उनके हिसाब से नंदिनी जन्म से ही मनहूस थी, उसकी कुंडली में काल-सर्प योग था। जबसे वो पैदा हुई है उसकी माँ को जरा भी सुकून नहीं मिला था। उसके बाद समर्थ को ज़िंदगी में प्रैक्टिकल होने, और बड़ों की बातों की रिस्पेक्ट करने पर लम्बा लेक्चर भी सुनाया गया।

"कितनी बड़ी मुसीबत खड़ी कर दी तुमने। बाहर मिलो बताता हूँ!" समर्थ ने संजना के बाँह को पिंच करते हुए फुसफुसाया।

"मुझे नहीं पता था वो एक विडो है! मुझे लगा कि मैं तुम्हारी हेल्प कर रही हूँ!" अपनी बाँह रगड़ते हुए वो धीमे से बोली।

वो शाम की ट्रेन से वापस जा रहे थे। बाकी घंटों में, समर्थ नंदिनी की एक झलक के लिए घर और गज़ीबो के कितने चक्कर लगा आया, लेकिन वो नहीं मिली। उसका फ़ोन नम्बर भी नहीं लिया था।

शाम को स्टेशन पर बैठे गाड़ी का वेट करते हुए, समर्थ को लगा जैसे कि वो अपने दिल का एक हिस्सा वहाँ छोड़ कर जा रहा था। मोबाइल पर फ़ोटो देखते हुए उसे नंदिनी की फ़ोटो याद आ गयी जो उसने बाल्कनी से ली थी। उसने जल्दी-जल्दी फ़ोटो गैलरी खोली और उसकी वाली ढूँढ निकाली। एक भी सही नहीं आयी थी। हड़बड़ी में खींचने से सब ब्लर्ड थीं।

"आए एम सॉरी।" संजना उसके पास आकर बेंच पर बैठ गयी। "मैंने उसे बहुत ढूँढने की कोशिश की, पर जब वो नहीं मिली, तो लगा ऊँगली टेढ़ी करनी ही पड़ेगी।"

समर्थ कुछ नहीं बोला।

"मैंने संध्या से ही सीधे बात कर ली। बड़े ही अजीब लोग हैं उसके पापा के साइड में, चाची उसकी सगी मौसी हैं। चाची भी यह सब मनहूस वाली बातों पर विश्वास करती हैं। आज-कल के टाइम में भी, इमैजिन! वो लोग जयपुर के पास किसी शहर में रहते हैं, वनस्थली नाम है। उसके दादाजी काफ़ी ख़ानदानी लोग जाने जाते हैं, घर में उन्हीं की चलती है। यह सफ़ेद पहनना, किसी पूजा की जगह पर ना जाना, चुप-चाप कोने में बैठे रहना, सब उनके ही रूल्स हैं।"

समर्थ फ़ोटो इधर-उधर स्वाइप करता रहा।

"सबको ऐसा बोला गया कि नंदिनी की वजह से प्रिया का रिश्ता बिगड़ गया, तो सब नंदिनी के ऊपर चढ़ बैठे। सिर्फ़ उसका भाई उसकी तरफ़ से बोला, फिर काफ़ी बवाल हो गया। वो भी इस ट्रेन से ही दिल्ली जा रहे थे, लेकिन गुस्से में उसने टैक्सी बुलाई और उसी वक़्त चले गए, बिना खाना खाए।"

समर्थ का दर्द और बढ़ गया। उसकी वजह से नंदिनी की इतनी इंसल्ट हो गई। इतने प्राब्लम्स में फँस गई वो। ख़ुद के रिश्तेदार इतने निर्दयी कैसे हो सकते हैं? मंगल ग्रह पर जाने वाला देश के लोग इतनी बेकार की बातें कैसे सोच सकते हैं?

"क्या हुआ?" सिद्धार्थ उसके दूसरी तरफ़ बैठ गया।

"कुछ नहीं।"

"बहुत पसंद है वो? मैं बात करूँ उसके भाई से?"

"नहीं।"

~ ६ ~

"हे!"

संजना को लगा कि कोई उसके कमरे में है। उसने इधर-उधर देखा तो उसकी साँस ही चढ़ गयी। देव उसके कमरे की बाल्कनी की रेलिंग पकड़कर पैरापेट पर खड़ा था।

"देव! तुम ऐसे कैसे?" वो उसकी तरफ़ दौड़ी और उसका हाथ पकड़ लिया, "क्या मुसीबत है, गिर गए तो? बंदर हो क्या? मुंबई में कैसे?"

"तुम फ़ोन नहीं उठा रही और मुझे एक ज़रूरी बात बतानी थी।"

"अरे यार, तो सीधे मेन डोर से आना था ना।"

"तुमसे मिल सकते हैं मेन डोर से।"

"और क्या! तुमने क्या सोच रखा है?"

"ठीक है।" इससे पहले कि संजना कुछ और बोल पाती, वो फट से नीचे भी उतर गया।

सिर पीटते हुए जब तक संजना पलटकर लिविंग रूम में पहुंची बाहर के दरवाज़े की घंटी बज चुकी थी, और उनकी हेल्पर, किचन से बाहर आ गई थी। संजना ने उसको वापस जाने को कहा, और अपनी धड़कनों पर क़ाबू रखते हुए दरवाज़ा खोल दिया।

"हे!" देव बड़ी सी स्माइल के साथ खड़ा था।

"हाए, अंदर आओ।"

"तुम्हारी माँ पूछेंगी नहीं मैं कौन हूँ?" उसने फुसफुसाते हुए पूछा।

"बिलकुल पूछेंगी।"

"तो तुम क्या बोलोगी?"

"बोलूँगी कि तुम मेरे दोस्त हो।"

"कुछ और नहीं सोचेंगी?"

"नहीं, मेरे तो बहुत दोस्त आते रहते हैं," संजना ने उसे छेड़ते हुए कहा।

"और कितने दोस्त हैं तुम्हारे?" उसका मुँह बन गया और भौंहें सिकुड़कर आपस में मिल गयीं।

संजना को पता था कि अब वो फट पड़ेगा। "वो जानना ज़रूरी है, या यह कि तुम इतनी देर रात क्यों आए हो?"

"ओह, हाँ। मेरे एग्ज़ैम का रिज़ल्ट आ गया!" वो फिर से खुश हो गया।

"और?" उसके चेहरे से साफ़ पता लग रहा था कि रिज़ल्ट क्या होगा, फिर भी संजना ने उसे खुश करने के लिए पूछ ही लिया।

उसने अपनी पूरी, सेक्सी बत्तीसी दिखा दी।

"मुबारक हो!"

"ग्रूप डिस्कशन के लिए बुलाया है, मंडे को यहाँ पर। इसीलिए मैं मुंबई जल्दी आ गया, सोचा कल तुम्हारे साथ मुंबई घूमूँ, हो पाएगा?"

"सोच के–"

"संजना तुम नीचे हो क्या?" माँ की आवाज़ डाइनिंग रूम से सुनाई दी, "यह समर्थ को क्या हो गया है आज कल? ओह!" माँ लिविंग रूम में आ चुकीं थीं।

"माँ, ये देव है दिल्ली से, मेरा क्लाइयंट था, अब मेरा दोस्त है।"

"अरे, आओ बेटा। संजना तुमने बैठाया क्यों नहीं? क्या लोगे चाय या कुछ ठंडा?"

"नहीं, नहीं आँटी कुछ नहीं, बस संजना को एक न्यूज़ देनी थी, उसका मोबाइल ऑफ़ था।"

"हाँ, खो गया है।"

"ठीक है मैं चलता हूँ। नमस्ते आँटी।" वो हाथ हिलाते हुए जैसे आया था वैसे ही चला गया-हवाहवाई।

"यह कौन था?"

"बस ऐसे ही, आप समर्थ के बारे में क्या कह रहीं थीं?"

"कुछ ज़्यादा ही बिज़ी हो गया है, देखो दस बज रहे हैं अभी तक नहीं आया।" माँ सोफ़े पर बैठ गयीं, और अपने पास वाली सीट पर थपथपाया। "पहले तो कॉल करके बता देता था, अब तो बिलकुल बात ही नहीं करता, ना ही ठीक से खाना खा रहा था। शादी में क्या हुआ था, संजना? उस लड़की से तुम मिली थी क्या?"

"मिली तो नहीं थी, पर दूर से देखा था।" माँ के इशारे पर संजना भी उनके पास बैठ गयी।

"समर्थ मिला था?"

"हाँ।"

"इतनी जल्दी वो उसको इतना पसंद करने लगा कि रातों की नींद और भूख भी ग़ायब हो गई! मुझे तो लगा था कि तुम्हारी जेनरेशन इतनी जल्दी फ़ैसला नहीं लेती।"

"वो थोड़ा-थोड़ा आपकी जेनरेशन का है!" संजना ने माँ को नंदिनी के बारे में सब कुछ बता दिया। "समर्थ को लगता है नंदिनी की बेज़्ज़ती के लिए वो ज़िम्मेदार है। आपको तो पता है वो कितना सेंटिमेंटल है। पर मुझे लगता है सब मेरी गलती है, मैंने पता नहीं क्या सोचकर सबके सामने बोल दिया कि उसे नंदिनी पसंद है," संजना ने नीचे देखते हुए कहा।

"तुम दोनो में से किसी की भी गलती नहीं है," माँ ने उसके हाथ सहलाते हुए कहा, "गलती बुआ की है जिन्होंने हमारे बीच की बात वहाँ जाकर बोल दी।" तभी गेट खुलने की आवाज़ आयी। "लगता है समर्थ आ गया।" माँ उठ खड़ी हुई, मेड को खाना लगाने के लिए कहते हुए दरवाज़ा खोलने चल दी।

ब्रश करके और कपड़े चेंज करके समर्थ बिस्तर पर लेटा ही था, कि माँ ने दरवाज़े पर नॉक किया। "अंदर आ जाऊँ, बेटा?"

अंदर आके बेड पर बैठकर उसके बाल सहलाने लगीं। "सब ठीक है ना?"

"हम्म..."

"नंदिनी तुम्हें बहुत पसंद है क्या?"

उसका नाम सुनकर समर्थ को लगा जैसे उसके दिल पर रखा हुआ पत्थर और ज़्यादा भारी हो गया।

"समर्थ?"

"पता नहीं।"

"तो फिर इतना उदास क्यों है, बेटा? जबसे वहाँ से आए हैं तुम्हारे चेहरे से हँसी ग़ायब सी हो गयी है।"

समर्थ कुछ नहीं बोला, बस पलटकर माँ की गोद में मुँह छुपा लिया।

"हम लोग कुछ कर सकते हैं क्या? कुछ बोलेगा तो पता लगेगा ना?" वो फिर भी कुछ नहीं बोला। "प्रॉब्लम का सामना दिमाग से करो, तो हल निकल आएगा।" माँ उसे अपनी तरफ से समझाकर चली गयीं।

उसकी वजह से नंदिनी की इंसल्ट हो गई, यह बात उसको खाए जा रही थी। ऐसा नहीं था कि उसने उन दिनों के बारे में पहले ना सोचा हो, लेकिन उसे सिर्फ़ चांदिनी में चमकता नंदिनी का चेहरा ही याद आता, जो उसे अपने से दूर जाने को कहता रहता था। वो कोई गलत क़दम नहीं उठाना चाहता था जिससे नंदिनी के लिए और मुसीबत पैदा हो या फिर से उसकी फिर से बेज्जती हो।

प्रॉब्लम एक नहीं थी। पहले तो उसे पता नहीं था नंदिनी उसके बारे में क्या फ़ील करती थी, और दूसरा अगर वो उससे मिलने जाएगा तो कहीं उसके परिवार वाले उसे फिर से परेशान ना करें।

माँ सही कह रहीं थीं, प्रॉब्लम दिमाग से ही सॉल्व होगी, इमोशंस को बीच में लाए बग़ैर। एक के बाद एक, रागिनी की शादी के वो सारे दिन ऐक्शन-रीप्ले की तरह उसके आँखों के सामने दौड़ने लगे। थोड़ी देर बाद उसे समझ में आ गया कि उसको करना क्या है।

शादी से आने के बाद पहली बार वो अच्छे से सोया।

अगले फ्राइडे समर्थ इन्फ़ोसिस के बेंगलुरु ऑफ़िस की लॉबी में अपनी ज़िंदगी का सबसे बड़ा रिस्क लेने पहुँच गया। संध्या से उसने मिहिर का फ़ोटो भी माँग ली थी, तो उसको पहचानने में परेशानी नहीं हुई।

जब उसने मिहिर को लिफ़्ट की तरफ़ से आते हुए देखा, वो खड़ा हो गया।

"समर्थ मेहरा।" जैसे ही मिहिर उसके पास आया तो उसने अपना हाथ आगे बढा दिया।

दो-चार सेकंड के लिए लगा कि मिहिर ऑफ़िस के गार्ड्स बुलाकर उसे धक्के मारकर बाहर निकाल देगा, लेकिन थोड़ी देर घूरने के बाद उसने भी हाथ मिला ही लिया। "मिहिर राज। कॉन्फ्रेन्स रूम में बैठना ज़्यादा अच्छा रहेगा।"

वो उसे पास वाले छोटे से रूम में ले गया, जिस में क़रीब पाँच से छह लोग बैठ सकते थे। "तुम्हारी हिम्मत की दाद देनी पड़ेगी," रूम का दरवाज़ा बंद करते हुए ही वो बोला।

"जब कुछ गलत नहीं किया तो हिम्मत की बात है ही नहीं।" जब मिहिर उसे घूरता ही रहा तो वो फिर बोला, "नंदिनी की बेइज़्ज़ती के लिए मैं बेहद शर्मिंदा हूँ।"

"शर्मिंदा? तुम ज़िम्मेदार हो उसकी आँखों में इतने आँसू डालने के लिए। मैंने कितनी मुश्किल से दो साल बाद उसे उस घर से निकाला था, तुम्हारी हरकतों ने उसे फिर वहीं भेज दिया। जहाँ वो फिर से–"

"मैं उससे शादी करना चाहता हूँ," समर्थ ने कह दिया, "और उसका हाथ माँगने आया हूँ।"

मिहिर की ज़बान पर जैसे किसी ने पत्थर रख दिया हो, और पैर के नीचे से ज़मीन खींच ली हो। उसका चेहरा फक पड़ गया। "क्या कहा तुमने?"

"मैं उससे शादी करना चाहता हूँ, और तुमसे तुम्हारी–"

"पर तुम्हें पता है ना–"

"कि वो विडो है? हाँ, उसने मुझे बताया था।"

"यह जानते हए भी?"

"क्या फ़र्क़ पड़ता है? कोई चला गया, लेकिन वो तो ज़िंदा है। क्या उसे जीने का हक़ नहीं है? और सबने उसकी शादी इतनी जल्दी होने कैसे दी? क्या उम्र रही होगी उसकी? कितने साल हो गए हादसे को?"

"दो साल।" मिहिर ने माथे पर सिलवटें आ गयीं। "वो बीस की थी।"

समर्थ गुस्से में खिड़की से बाहर देखने लगा। वो दो साल से लोगों का ऐसा सूलूक झेल रही थी।

"तुम कॉफ़ी लोगे?" मिहिर ने पूछा।

जब तक मिहिर ने उसे नंदिनी के बारे में सब बता पाया, कॉफ़ी ख़त्म हो चुकी थी।

"तो अब क्या प्रॉब्लम है?" समर्थ ने आख़िर में पूछा।

"वो भी इस बात पर विश्वास करने लगी है, कि जो भी उससे जुड़ेगा वो ..." मिहिर सेंटेन्स पूरा नहीं कर पाया।

"ऊपर चला जाएगा?" समर्थ मुस्कुरा दिया।

मिहिर ने सिर हिला दिया।

"क्या बकवास है!"

"उसके लिए यह हक़ीक़त है। उसने पहले हमारी माँ को देखा और फिर उसके साथ भी ऐसा हो गया। उदय के हादसे के बाद मुझे उसे तुरंत ही घर ले आना था। वो जो तेरह दिन अपने ससुराल में रही, और उन लोगों ने जो उल-जलूल बातें की, उससे उसकी सोच पर बहुत ही गहरा असर हुआ है। तुम्हें मेरे बारे में किसने बताया?"

"संध्या ने," समर्थ ने एक लम्बी साँस ली, "तो मुझे सबसे पहले नंदिनी को कन्विन्स करना होगा, उसके बाद दादाजी को?"

"तुम नंदिनी को कन्विन्स कर लोगे तो दादाजी मेरी ज़िम्मेदारी हैं।"

"डील!"

नंदिनी ने मोबाइल पर टाइम देखा तो चार बज चुके थे, घर जाने का समय तो एक घंटे पहले ही हो चुका था, लेकिन प्रिन्सिपल मैम ने एक डेटा कम्प्यूटर पर डालने को कहा था, वो पूरा करके ही जाना चाहती थी। आज वो बहुत खुश भी थी। उसने कॉलेज में प्रिन्सिपल के ऑफ़िस में बतौर अड्मिनिस्ट्रेटर एक महीना पूरा कर लिया था। कल उसे अपनी पहली सैलरी भी मिल जाएगी, जो उसने भईया को देने का सोचा था।

उदय के जाने के बाद, जब उसके ससुराल वालों ने उसे बाहर निकाल दिया, तो भईया ने ही उसका साथ दिया था। वो उसके लिए किसी के साथ भी लड़ने के लिए तैयार था। उसने ही नंदिनी को जॉब के साथ-साथ MBA करने की हिम्मत दी थी। भईया की वजह से ही दादाजी ने उसे घर से निकलने की परमिशन दी थी। गर्ल्स कॉलेज था तो उनको मनाना और भी आसान हो गया था।

उन कुछ एक महीनों में उसने अपना सब कुछ खो दिया था– सभी सपने, अरमान, खुशहाल ज़िंदगी। सब अब काला या सफेद हो गया था। खुद को बिज़ी रखना और अपने पाँव पर खड़े होना ज़रूरी था, इसके अलावा और रह भी क्या गया था।

संध्या की बुआ को उस दिन चाची के घर में काली नज़र, मनहूस, विधवा और पता नहीं क्या-क्या कहते हुए सुना, तो दो साल पुराने घाव फिर खुल गए। बुआ की बात पर उसे समर्थ भी याद आ गया। दुनिया में अलग सोच वाले लोग भी हैं, पर उसमें इतनी हिम्मत नहीं थी रिस्क लेने की। कोई फर्क नहीं पड़ता–

किसको बेफ़कूफ बना रही थी? रागिनी की शादी के बाद फ़र्क़ पड़ने लगा था, बहुत कोशिश की, उन दिनों की यादों को ब्लॉक करने की, लेकिन कामयाब नहीं हो पा रही थी।

वो जानती थी कि रागिनी की बुआ अभी भी प्रिया के लिए मैच देख रही है, जिसका मतलब था कि समर्थ सच में प्रिया में दिलचस्पी नहीं रखता था। जब भी वो उसके बारे में सोचती, उसका दिल धक-धक करने लगता। दिल पर कोई बस नहीं था, और फिर यादों के सिवा रह क्या गया था? अपने ख़यालों में खोई उसने अपना सामान उठाना शुरू किया। जल्दी निकल जाना चाहिए, दादाजी के ड्राइवर ने गाड़ी बिलकुल गेट के सामने ही लगा दी होगी, स्कूल का गार्ड फिर चिक-चिक करेगा।

"है, प्रिन्सेस!"

एक भूली सी आवाज़ सुनकर उसके हाथ रुक गए। अब क्या उसके कान भी बजने लगे थे? वो पलटी तो वो सचमुच ऑफ़िस के दरवाज़े पर खड़ा था।

"तुमको क्या लगा कि तुम मुझसे भाग पाओगी?"

एक अजीब सी खुशी नंदिनी के रग-रग में दौड़ गयी। होंठों पर मुस्कान आने ही वाली थी कि उसे याद आया वो दोनो कहाँ खड़े हैं। अगर किसी ने देख लिया तो? दादाजी को पता लग जाएगा, उसकी जॉब चली जाएगी! नंदिनी का दिल दूसरे तरीक़े से धड़कने लगा, उसके आँखों के सामने अँधेरा छा गया, उसने सामने वाली टेबल का कोना पकड़ लिया।

"अरे, मैं कोई भूत नहीं, सच में तुम्हारे सामने हूँ।» वो अंदर आ गया।

"तुम यहाँ क्यों आए? कोई देख लेगा तो?" उसने अपने को संभाला।

"प्लीज़, अब यहाँ भी शुरू नहीं हो जाना। कोई फ़र्क़ नहीं पड़ता? अगर तुम्हें या मुझे फ़र्क़ नहीं पड़ता तो कोई कुछ नहीं कर सकता।"

दरवाज़े के पास किसी के क़दमों की आहट सुनकर वो फिर से चौंक गयी और झटके से खड़ी हो गयी, उससे दूर। देखा तो हॉस्टल की वॉर्डन खड़ी थी।

"यस, मैम?" अपने ऊपर क़ाबू पाते हुए नंदिनी ने पूछा, "कुछ चाहिए था?"

"हाँ, वो ऐन्यूअल प्रोग्राम का नोटिस, जो सारे हॉस्टलस में लगाना है। मैंने दरवाज़ा खुला देखा तो आ गई। कोई प्रॉब्लम तो नहीं है ना?" उनकी नज़रें समर्थ पर ही थीं।

"नहीं, नहीं।"

"अगर गेस्ट हैं तो कॉलेज की कैंटीन में बैठ सकती हो, अभी तो चाय मिल रही होगी," नंदिनी को बोलते हुए वो नोटिस लेकर चली गयी।

"देखा, यहाँ गेस्ट आते हैं, और तुम अच्छी होस्ट की तरह उन्हें चाय पर ले जा सकती हो।"

"तुमने मुझे कैसे ढूँढा?" वो अभी भी डर रही थी, लेकिन वॉर्डन की बात ने उसे थोड़ा तो नॉर्मल किया।

"मेरे पास बहुत सोर्स हैं। चलो कैंटीन चलते हैं।"

"नहीं।"

"कभी तो मेरी बात पर 'हाँ' कहो! बस एक कप चाय की बात है, प्रिन्सेस। बस एक कप चाय!"

एक लम्बी साँस छोड़ते हुए, उसने अपना पर्स उठा लिया, और बिना उसकी तरफ़ देखे कैंटीन की तरफ़ चल दी। उसकी टेन्शन और भी बढ़ गई, जब समर्थ ने चाय के साथ-साथ ब्रेड-पकोड़ा भी ऑर्डर कर दिया। उसे किसी की फ़िक्र नहीं होगी, पर नंदिनी के ऊपर तो तलवार लटकी रहती थी। झक मारकर उसने मम्मी को फ़ोन लगा दिया। "मम्मी, मुझे एक घंटा और लगेगा।" थोड़ी देर उनका लेक्चर सुनकर और उनको शांत करके उसने फ़ोन काट दिया।

कैंटीन-बॉय उनका ऑर्डर लेकर आ गया।

"लो, प्लीज़।" समर्थ ने एक प्लेट उसके सामने खिसका दी।

नंदिनी ने सर हिला दिया।

"आय एम सारी, मैंने सुबह फ़्लाइट के बाद से कुछ नहीं खाया।"

थोड़ी देर तक वो कुछ नहीं बोला, सच में बहुत ही भूखा था। नंदिनी उस पर बीच-बीच में नज़र डाल रही थी। वो जींस और काले

टी-शर्ट में उतना ही अच्छा लग रहा था जितना उस रात शेरवानी में। नंदिनी ने नज़रें उसके ऊपर से हटा लीं और इधर उधर देखने लगी। मन का एक कोना कहने लगा, कि काश पिछले दो साल उसकी ज़िंदगी से कोई मिटा दे तो कितना अच्छा होता।

"तुम यह नहीं ले रही, पक्का?" उसने दूसरी प्लेट की तरफ़ इशारा करते हुए कहा।

"नहीं, मैंने लंच देर से किया था।"

"छोटू, एक चाय और!" उसने दूसरी प्लेट भी अपनी तरफ़ खींचते हुए कहा, "हाँ, तो सबसे पहले, मैं तुमसे माफ़ी माँगना चाहता हूँ।"

"किस बात के लिए?"

"मेरी वजह से तुम्हें पता नहीं क्या क्या सुनना पड़ा शादी में। थोड़ी ज़बान फिसल गयी थी उस दिन।"

"नहीं, कोई बात नहीं।" तो वो बस उस दिन की बात क्लीअर करने आया था, इतनी दूर!

"ग्रेट! अब यह बताओ तुम आज शाम फ़्री हो?"

"क्यों?"

"मैं तुम्हें डिनर पर ले जाना चाहता हूँ।"

"मैं फ़्री नहीं हूँ।"

"झूठ।"

"समर्थ तुम क्या चाहते हो और तुम यह सब क्यों कर रहे हो?"

"मैं क्या चाहता हूँ, अगर सच-सच बता दूँ तो तुम यहाँ से भाग जाओगी।"

नंदिनी के गाल और कानों पर गर्मी फैल गई, उसने अपने होंठ भींच लिए और उसे घूरने लगी।

"अच्छा ऐसी-वैसी कोई बात नहीं, सॉरी।" उसने झूठ-मूठ अपने कान छूए, "लेकिन अगर हम साथ में टाइम नहीं बिताएँगे तो एक दूसरे को जानेंगे कैसे?"

"मैं तुम्हें जानना नहीं चाहती।"

"क्योंकि तुम अपने सो-कॉल्ड बुरे भाग्य से डरती हो।"

नंदिनी को जैसे साँप सूंघ गया, वो वहीं जड़ सी बैठी रही।

समर्थ एक पल के लिए उसकी टेबल पर कसी हुई मूठी को देखा और कहा, "मैं बैंगलुरु में मिहिर से मिला था।"

"क्या! भईया से? क्यों?"

"तुम्हारी सिचूएशन समझने के लिए।"

"मेरी सिचूएशन? तुम्हारी हिम्मत कैसे हुई उससे मिलने की? और भईया ने तुमसे बात ही क्यों की?"

वो मुस्कुरा दिया। "मिहिर ने भी कुछ 'हिम्मत' टाइप की बात की थी। लेकिन वो सब छोड़ो। वो ज़रूरी नहीं है। अपने डर को पहचानने और उस पर क़ाबू पाने के लिए क्या करना है वो डिस्कस करना ज़रूरी है। तुम इतने दिनों से अपने रिश्तेदारों की बकवास सुन रही हो कि तुम भी उस पर विश्वास करने लगी हो।"

"सच तो यह है कि तुम्हारा ईगो इतना बड़ा है, कि वो किसी लड़की की 'नहीं' ले ही नहीं पा रहा है।"

वो हल्के से हंस पड़ा। "मैं तुम्हें पसंद करता हूं, यह बात हम दोनों जानते हैं। और मेरे लिए तुम्हारे मन में भी कुछ है, यह भी मुझे पता है, लेकिन तुम इसे मान नहीं रही हो।"

"वाह! तुम कैसे कह सकते हो कि मैं तुम्हारे लिए कुछ महसूस करती हूँ?"

"मैंने तुम्हारी आँखों में देखा है, नंदिनी। अब मुझ से यह मत कहना कि इतने दिनों में तुमने मेरे बारे में सोचा ही नहीं। और यह भी मत कहना कि तुम मुझे फिर से देखने की उम्मीद नहीं कर रही थी।"

"मुझे पता है कि तुम्हें अपने पर बहुत ज़्यादा कॉन्फ़िडेन्स है, लेकिन अपना कॉन्फ़िडेन्स अपने पास रखो।"

समर्थ ने उसकी गुस्से में भिंची हुई मुट्ठी को अपने हाथ से ढक लिया। "अपने डर को एक तरफ रखकर ज़रा सोचो, नंदिनी। यह सब समाज की बनाई हुई बातें हैं। और ज़िंदगी बहुत लम्बी है।"

अपना हाथ खींचते हुए वो उठ खड़ी हुई। "मुझे कोई बकवास नहीं सुननी। मैंने तुम्हें पहले भी कहा था, मैं इंट्रेस्टेड नहीं हूँ। बाय। प्लीज़, अब मेरे पीछे नहीं आना।" इससे पहले कि समर्थ कुछ बोल पता वो तेज़ क़दमों के साथ कैंटीन से बाहर गेट की तरफ़ चल दी।

समर्थ जब तक पैसे देकर बाहर निकला वो जा चुकी थी। समर्थ को पता था कि यह एक लम्बी लड़ाई है। नंदिनी के मन से ना सिर्फ़ उसके दादाजी का डर ख़त्म करना है बल्कि उसके मनहूस वाले टैग को भी छुड़ाना है। मिहिर ने कम से कम उसको घर से निकाल कर अपने पैरों पर खड़े होने की हिम्मत तो दी, अब आगे का काम समर्थ को करना था।

हमेशा की तरह रात का खाना खाकर वो छत पर दरी बिछाकर बैठ गयी। मैक्स, उनका गोल्डन रिट्रीवर, भी उसके पास पूँछ हिलाता हुआ आ गया। पूरे दिन के बाद यह टाइम उसको सबसे अच्छा लगता था। कोई उसे डिस्टर्ब नहीं करता, और इस तरफ़ कोई आता भी नहीं था। ताऊजी, ताईजी, बड़े से मकान के दूसरी तरफ़ रहते थे, और दादाजी नीचे। माँ और उसका कमरा ऊपर था, माँ भी इस वक्त अपने टीवी सीरीयल्स में बिज़ी रहती थीं।

अच्छा हुआ कि उसने माँ को पहले ही बता दिया लेट होने के बारे में, दादाजी को पता था तो सिर्फ़ आगे से टाइम से आने के लिए कहकर छोड़ दिया, नहीं तो बवाल ही हो जाना था। और भईया ने तो बिलकुल कमाल ही कर दिया, समर्थ को सब कुछ बता कर। उसने सबसे पहले भईया को ही फ़ोन मिलाया।

"तुमने उससे बात क्यों करी?"

"अरे, ना हेलो, ना हाय, इतनी नाराज़ हो?"

"सॉरी भैया! लेकिन वो आज कॉलेज में टपक पड़ा!"

"वो तुमसे शादी करना चाहता है, अगर तुम उसे पसंद करो तो।"

"हम तो यह बात कर चुके हैं, मुझे अब शादी नही करनी!"

"सारे दिन और सब लोग एक जैसे नहीं होते, नंदिनी। तुम्हारे सामने सारी ज़िंदगी पड़ी है।"

"तुम्हें कोई अच्छी लड़की मिली वहाँ?" नंदिनी ने बात चेंज कर दी, और भईया ने भी बात फिर नहीं छेड़ी। भईया से बात करके फ़ोन रखा ही था कि फ़ोन फिर बज उठा। कोई अनजाना नम्बर था।

"हेलो?"

"हाय, हम कल कॉफ़ी पर मिल सकते हैं कहीं? मेरी फ़्लाइट जयपुर से कल दोपहर की है।"

"यह मुंबई, दिल्ली जैसी जगह नहीं है, समर्थ। हम कहीं नहीं मिल सकते।"

"कॉलेज में?"

"कल छुट्टी है!"

"ओह, हाँ। तुम्हारी वजह से मेरा दिमाग खिसक सा गया है।"

"खिसका हुआ है इसीलिए मुझे फ़ोन कर रहे हो।" अब वो सामने नहीं था तो वो मुस्कुरा दी, पर उसके अगले शब्दों पर मुस्कान ग़ायब भी हो गयी। उसे पता लग गया!

"हंस लो मेरे पर। लेकिन इस लड़ाई में मैं ही जीतूँगा।"

"यह कोई लड़ाई नहीं है।"

"एक बात बताओ क्या मैं तुम्हें बिलकुल भी इम्प्रेस नहीं कर रहा क्या?"

नंदिनी का दिल धक सा रह गया। "नहीं।"

"एक नम्बर की झूठी हो।"

वो कुछ नहीं बोली।

"माँ को मैंने तुम्हारे बारे में बताया है। माँ को ही नहीं सबको पता है। संजना, मेरी बहन, हम दोनो जुड़वा हैं, और नैना हमारी बचपन की दोस्त, अब वो मेरी भाभी भी है, इन दोनो ने तो तुम्हें शादी में देखा हुआ है। सब तुमसे मिलना चाहते हैं।"

वो अपने बारे में बोलता रहा और नंदिनी के दिल के तारों को जोड़ता रहा। वो ऐसी दुनिया दिखा रहा था जो उसके समझ के परे थी। उसकी दुनिया में सब बराबर थे और सबको एक जैसे अधिकार थे। सबको जैसे चाहे वैसे जीने का हक़ था।

"मैंने सोचा था छुट्टी वाला दिन अच्छा रहेगा। ख़ैर छोड़ो, अगली बार वीक डे पर आऊँगा, जिससे तुम्हारे कॉलेज में ही मिल लेंगे। कैंटीन में, ठीक है?" शायद वो मुस्कुरा रहा था।

"अगली बार नहीं आना, समर्थ। दादाजी को भनक भी पड़ गयी तो मुझे ज़िंदगी भर घर पर बंद कर देंगे।"

"अगर मेरी माँ उनसे बात करें तो?"

"नहीं, मैंने कहा ना मैं इंट्रेस्टेड नहीं हूँ।"

"इसका मतलब दादाजी मान भी जाएँ, लेकिन तुम नहीं मानोगी, सिर्फ़ उस मनहूस वाले टैग की वजह से? दादाजी को बेकार में विलेन बना रही हो।"

"मैं उस बारे में बात नहीं करना चाहती।"

"नंद–"

नंदिनी ने फ़ोन काट दिया फिर उसका फ़ोन नहीं उठाया। उसको समझ क्यों नहीं आ रहा था? क्यों नहीं सब उसे उसके हाल पर छोड़ देते। ज़रूरी है क्या किसी के साथ जुड़ना? एक लम्बी सी साँस लेकर उसने फ़ोन साएलेंट मोड पर डाल दिया।

✍

"कुछ बात बनी?" संजना समर्थ से आज कल रोज़ बात करने लगी थी। जुड़वा होने से उन दोनो के बीच एक कनेक्शन सा था। उन दोनो में से कोई भी परेशान होता था दूसरे को पता लग जाता था।

"अभी तो एक ही बार मिला हूँ। वैसे वो मिलने को तैयार नहीं है।"

"मैं बात करूँ?" संजना लोगों को इन्फ़्लूयन्स करने के लिए काफ़ी मशहूर थी।

"कर सकती हो, पर कहीं वो नाराज़ हो गई तो?"

"ठीक है, तुम ट्राई कर लो फिर मैं उसे समझाऊँगी। बताना ज़रूर। अब कब जा रहे हो?"

"इस हफ़्ते तो नहीं हो पाएगा, उसे वीक एंड सूट नहीं करता।"

"उसने बोला तुम्हें!"

"नहीं, पर बातों से हिंट मिला। वो कॉलेज में कैंटीन के अलावा कहीं भी कम्फ़र्टबल नहीं थी।"

"हम्म..." संजना ने फिर इधर -उधर की बात करके फ़ोन रख दिया।

बेड पर लेटे हुए समर्थ ने नंदिनी के साथ हुई बातों को फिर से दोहराना शुरू कर दिया। प्रॉब्लम समाज की उतनी नहीं थी जितनी

नंदिनी की सोच की थी। समाज को तो कभी भी ठेंगा दिखा सकते हैं, उसको क्या दिखाया जाए जिससे वो अपने डर पर क़ाबू पा सके। दूसरी दिक़्क़त यह भी थी कि वो जल्दी-जल्दी उससे मिल भी नहीं सकता था।

मुंबई से जयपुर फ़्लाइट, फिर कैब से दो घंटे वनस्थली तक जाना थोड़ा मुश्किल हो रहा था। दो घंटे मिलने के लिए दो दिन का ट्रिप हो जा रहा था। उसको इस दूरी मिटाने का कोई हल नहीं मिल रहा था।

वो जा नहीं पा रहा था, लेकिन मेसेज तो भेज सकता था!

बिस्तर से उठकर समर्थ अपना लैप्टॉप लेकर बैठ गया।

"नंदिनी मैडम, एक पैकेट आया है।" कॉलेज का गार्ड एक रैपिंग पेपर में लिपटा बॉक्स लिए ऑफ़िस के दरवाज़े पर खड़ा था।

"प्रिन्सिपल मैडम के लिए होगा, टेबल पर रख दो।"

"नहीं, मैडम का नहीं, आपका ही है। ऊपर आपका ही नाम लिखा है।"

नंदिनी हैरान हो गई। उसे कौन यहाँ कुछ भेजेगा? ख़ूबसूरत सा सिल्वर रैपिंग देखकर समर्थ याद आ गया। कहीं उसने तो नहीं भेजा? नहीं, नहीं, शायद लोगों को पता चल रहा होगा कि वो यहाँ काम कर रही है, तो उसका ही नाम डाल दिया होगा।

सिल्वर पेपर हटाकर बॉक्स खोला तो देखती ही रह गयी। जैसे निम्बू और मिर्चें ट्रक्स या कार पर लटकी होती है, बिलकुल वैसे ही दो सिरेमिक नींबू और हरी मिर्च का मॉडल एक लकड़ी के प्लेट्फ़ॉर्म पर रखे हुए थे, एक नींबू पर 'गुड' लिखा था और दूसरे पर 'लक'। बॉक्स के अंदर एक नोट था।

'समझो आज से मैं तुम्हारा गुड-लक चार्म - समर्थ मेहरा।'

नंदिनी के आँखें नम होने लगी, उसके दिल के चारों ओर बर्फ़ की ठंडी दीवार चटकने सी लगी थी। क्यों वो उसके पीछे पड़ा था? ऐसा भी क्या अट्रैक्शन? उसने मॉडल निकालकर अपनी डेस्क पर रख दिया, लेकिन समर्थ को कोई जवाब नहीं दिया।

अगले हफ़्ते शाम को जब नंदिनी का फ़ोन फिर से पिंग किया, तो उसने देखा नहीं। उसने फ़ैसला कर लिया था कि अब वो फ़ोन बिलकुल भी नहीं उठाएगी। पिछले दिनों में समर्थ ने मेसेजस का

ताँता सा लगा दिया था। नंदिनी ने कोई जवाब नहीं दिया फिर भी। कभी गुड-लक चार्म, तो कभी निम्बू-मिर्ची, और सब पर कोई ना कोई गुड-लक कोट लिखा होता, या फिर समर्थ का नाम। उसके दिल और दिमाग में खामखां की उथल-पुथल मचा रखी थी उसने।

उसके मेसेजस पर नंदिनी को हँसी भी आती और खीझ भी। कहीं भी चैन नहीं मिल रहा था, ना घर पर ना काम पर। रह-रह कर आँखों के सामने समर्थ का मुस्कुराता हुआ चेहरा आ रहा था, और फिर उसको उदय भी याद आ जाता था।

उदय और उसका साथ सिर्फ़ एक महीने का ही था, वो भी अरेंज्ड मैरिज तो पहले कभी मिले ही नहीं थे। चार-पाँच दिन तो शादी की भीड़ में ऐसे ही निकल गए, उदय उसको प्यार तो बहुत करता था लेकिन घर में ज़्यादा रहता नहीं था—जब देखो बाईक लेकर हवाहवाई। अब उसके बारे में जब भी सोचती थी वो सफ़ेद कफ़न में लिपटा ही याद आता था, मासूम सा, सोया हुआ। एक झोंके की तरह कब वो उसकी ज़िंदगी में आया और कब चला गया पता ही नहीं चला। वो समर्थ को उदय की जगह देखने की हिम्मत भी नहीं कर सकती।

समर्थ को फिर आने का टाइम नहीं मिला था शायद। अच्छा ही है कि इतनी दूरी थी। फिर भी अच्छी ख़ासी आफ़त मचाई हुई थी। वो कुछ जवाब नहीं देगी तो शायद उसका जुनून उतर जाएगा।

उस रात छत पर बैठे हुए उसने फ़ोन चेक किया, लेकिन समर्थ के कोई मेसेज नहीं खोले। एक-दो मिस्ड कॉल्ज़ भी थीं उसकी। मेसेज तो नहीं खोले लेकिन प्रोफ़ायल पिक पर हाथ चला ही गया। फ़ॉर्मल सूट और टाई में फ़ोटो थी। नंदिनी का दिल फिर से धक-धक करने लगा था। उसने या तो उसे जींस या शादी के एथ्निक कपड़ों में ही देखा था। हल्की सी ही मुस्कुराहट थी उसके होठों पर, शायद यह उसका ऑफ़िस का नम्बर भी होगा, इसीलिए इतनी फ़ॉर्मल सी फ़ोटो लगा रखी थी। क्या बताया था? शायद कोई IT कम्पनी थी उसकी मुंबई में।

"मुझे पता था कि तुम मुझे पसंद करती हो।"

वो इतनी ज़ोर से चौंकी मोबाइल छूटकर नीचे गिर गया। "हे भगवान! तुम मुझे हमेशा चौंकाते क्यों रहते हो? तुम यहाँ कैसे?" फिर उसे याद आया कि वो छत पर है, तो उसने उचक के रेलिंग से झाँक कर देखा और फिर नीचे बैठ गयी! थैंक गॉड नीचे कोई नहीं था। "हे भगवान, किसी ने देख लिया तो? अरे, नीचे बैठो ना, कोई देख लेगा तो?"

धीरे-धीरे हँसते और सिर हिलाते वो भी ज़मीन पर बैठ गया, बिलकुल उसके पास, सटके। "मेरी पिक एड्मायर करनी थी तो बोलना था ना, अच्छी वाली भेज देता।"

"तुम ऊपर कैसे आ गए?"

"पाइप के सहारे, बड़ा आसान है चढ़ना।"

"किसी ने देख लिया होता तो!"

"देख लेगा तो क्या होगा? हम दोनो को पकड़कर शादी करा देंगे, तो अच्छी बात होगी। तुम्हें घर से निकाल देंगे तो और भी अच्छा है, मैं तुम्हें अपने घर ले जाऊँगा।"

"अगर मार-मार के तुम्हारा भर्ता बना देंगे तो?"

"तुम मुझे बचाओगी नहीं?" उसने नंदिनी की आँखों में आँखें डालते हुए कहा।

नंदिनी के गाल एक सेकंड में गरम हो गए, उसे पता चल रहा था। उसकी नज़रों ने उसे हिप्नोटाईज़ सा कर दिया था, ना ही वो नज़र हटा पा रही थी, और ना ही पीछे हो पा रही थी। अगर वो थोड़ा सा आगे और होता तो उन दोनो की नाक छू जाती।

छत की ममटी पर लगा लो-वाट का बल्ब उस कोने पर रोशनी नहीं फैंकता था। कोई चाहे भी तो ठीक से कुछ दिखता नहीं। यह ख़याल था नंदिनी को। इसीलिए भी शायद पीछे नहीं हटी, और उसको देखती रही। मन किया कि सब भूलकर सिर्फ़ उस एक पल को दिल में क़ैद करके अपनी ज़िंदगी का सहारा बना ले। किसी का क्या जाएगा?

जब मैक्स ने अपनी ठंडी नाक उन दोनो के बीच में घुसाई तब उसे होश आया, और वो पीछे होकर रेलिंग से टिककर बैठ गई। कुछ अजीब सा लग रहा था। नंदिनी ने कनखियों से उसकी तरफ़

देखा, उसने लेमन कलर की शर्ट पहनी थी और मिलिटरी ग्रीन कार्गो पैंट्स। मिलिटरी ग्रीन तो ठीक था, लेकिन लेमन बिलकुल निम्बू टाइप ही था। आजकल हर जगह उसको निम्बू ही निम्बू नज़र आ रहे थे, बड़ी मुश्किल से उसने अपनी हँसी रोकी।

"तुमने बताया नहीं? तुम मुझे बचाओगी या नहीं?" वो मैक्स को सहलाने लगा।

"यहाँ से जाओ, समर्थ।" उसने अपना सेल-फ़ोन उठा लिया।

"मैंने बहुत ट्राई किया वीक-डे पर आने का लेकिन टाइम नहीं मिल रहा था। सोचा ऐसे ही चलता रहा तो हमारी स्टोरी आगे कैसे बढ़ेगी, तो तुम्हारे भाई को फ़ोन लगाया। तब पता लगा रोज़ रात को तुम यहाँ रहती हो, तो चला आया। उसने मैक्स के बारे में भी बताया, तो मैं इसके लिए भी घूस लाया हूँ।" उसने अपने जेब से ट्रीट्स निकालकर मैक्स को दी। "सैटर्डे नाइट मेरे लिए सबसे अच्छा टाइम होता है।"

"भईया ने बोला चोरी चुपके छत पर आने को?"

"नहीं, यह आइडिया तो संजना का था।"

नंदिनी चुप हो गई।

"तुम यह तो नहीं सोच रही कैसी फ़ैमिली है?"

"यहाँ से जाओ–"

"नंदिनी–"

मम्मी की आवाज़ सुनते ही समर्थ छत की टैंक के पीछे हो गया।

"नंदिनी, किससे बात कर रही हो?"

"मैक्स से।"

"अच्छा ठीक है, ज़्यादा देर बाहर नहीं रहना, लगता है बारिश आने वाली है।" मम्मी बोलकर अपने कमरे में चली गई।

समर्थ फिर से उसके पास दरी पर बैठ गया, फिर से वैसे ही सटकर। "तो तुम मुझे बचा लोगी।"

"बचपना छोड़ो और जाओ यहाँ से।"

"बचपना! मैं तुमसे चार साल बड़ा हूँ।"

"हह, मैं तेइस की हो जाऊँगी पाँच महीने में।"

"और मैं सत्ताईस का अगले महीने। तो इसका मतलब मैं तुमसे साढ़े चार साल बड़ा हूँ।"

वो कुछ नहीं बोली। क्या बोलती? उसका साथ अच्छा लग रहा था। और वैसे भी वो उसको उठा के छत से फेंक तो सकती नहीं थी।

"जल्दी बताओ कब भेजूँ माँ, पापा को तुम्हारे दादाजी के पास।"

"चाहे तुम कुछ भी कर लो मैं दोबारा शादी नहीं करूँगी। तुम अपना टाइम वेस्ट मत करो।"

समर्थ ने एक लम्बी साँस ली। "प्रिन्सेस, तुम्हारे पापा चले गए क्योंकि वो ऐल्कोहल बहुत पीते थे और उनका लिवर फेल हो गया। और उदय की मौत हो गई क्योंकि उसे हाइवे पर मोटरबाइक चलाने का शौक़ था, वो एक हादसा था। उन दोनों घटनाओं का तुमसे कोई लेना-देना नहीं है।"

उसने कुछ नहीं कहा।

"तुम्हारी कुंडली उसके साथ मेल खाती थी ना? मिलायी तो गयी ही होगी? सब कुछ तुम दोनो के एस्ट्रॉलॉजी चार्ट्स के हिसाब से अच्छा ही रहा होगा? शादी से पहले जब वो चार्ट्स मिला रहे थे, तो होने वाले ऐक्सिडेंट के बारे में क्यों नहीं बता पाए?"

वो चुप रही।

"और जो लोग कहते थे कि सब कुछ ठीक है, अब वही तुम्हारे बुरे भाग्य के बारे में लाउडस्पीकर पर चिल्ला रहे हैं। नंदिनी यह सब एक दिखावा है, इस समाज का बनाया हुआ।"

तर्क नया नहीं था। उसके भईया ने उसे वही बातें बार-बार बताई थीं, लेकिन एक अनचहा सा डर उसके मन को छोड़ता ही नहीं था। वो उन पलों को भूल ही नहीं पा रही थी, जब उदय हॉस्पिटल से घर आया था, या जब उदय की तेरवहि के दिन उसकी सास उसका मुंडन करवाने के लिए कह रही थी। अगर भईया ना होता तो वो शायद मर ही जाती।

"अगर यह कुंडली का बिज़नेस ठीक होता, तो तुम्हारे अभी तक एक-दो बच्चे होते और मुझे सन्यासी बनना पड़ता।" समर्थ मुस्कुरा दिया।

उसकी मुस्कराहट नंदिनी के दिल को गुदगुदा गई, उसने अपनी नज़रें झुका लीं। आज उसका दिल उसके बस में नहीं था। समर्थ को कोई भी उम्मीद देना गलत था, लेकिन उससे नाराज़ भी नहीं हो पा रही थी।

"मेरे ख़याल से अब मुझे जाना चाहिए। हम फिर कब मिलेंगे?"

"मुझे नहीं पता।"

अचानक उसने नंदिनी के कंधों पर हाथ डालकर, अपने पास खींच लिया। "मुझे खुशी है कि तुमने 'कभी नहीं' नहीं कहा।" फिर उसके गाल हल्के से सहलाकर बोला, "मुझे तुम्हारा डिम्पल बहुत पसंद है।"

"यह ठीक नहीं है, समर्थ।" नंदिनी गोद में हाथ बांधे उसकी गरम साँसों को महसूस करती रही, पर अपनी तरफ़ से कोई बढ़ावा नहीं दिया। सिर्फ़ यही जानकर खुश थी कि वो भी मुश्किल से सांस ले पा रहा था।

समर्थ ने अपने हाथ से उसका चेहरा अपनी तरफ़ किया और माथे पर माथा टिकाते हुए कहा, "हम्म... यह सही जगह और टाइम नहीं है, पर तुम्हें छोड़ के जाने का मन नहीं कर रहा।"

वो कुछ बोली नहीं, पर चाहती भी नहीं थी कि वो जाए। उसे देखती रही और अपने आप से लड़ती रही। क्या होगा अगर उसने फिर से वही सपने देखने शुरू किए? अगर समर्थ को कुछ हो गया तो? क्या वो फिर से कोई भी दुख झेल सकती थी? क्या वो खुद को माफ कर पाएगी?

नहीं, कभी नहीं!

वो पीछे हट गयी।

समर्थ को उस पल का पता लग गया था जब वो फिर से अपने शेल में वापस घुस गयी, वो भी पीछे हट गया। लेकिन उसे खुशी थी कि थोड़ी देर के लिए ही सही, उसने उसे उन नज़रों से देखा तो। एक दिन में इतने पुराने घाव ठीक नहीं होंगे, लेकिन शुरुआत हो गई थी।

समर्थ को फोन पर इंकमिंग मेसेज का नोटिफ़िकेशन सुनाई दिया। उसने एक उड़ती नज़र अपने लैप्टॉप से फ़ोन की तरफ़ डाली, तो लगभग कुर्सी से गिर ही गया। स्क्रीन पर 'प्रिंसेस' फ़्लैश होता देख उसे विश्वास ही नहीं हुआ। उसने पलकें झपकायीं। उसका ही मेसेज था।

'इस सैटर्डे मिल सकते हैं?' उसने पूछा था।

'प्रिन्सेस का ऑर्डर कौन टाल सकता है?' समर्थ ने तुरंत जवाब दिया।

'शाम को चार बजे, इस जगह।' फिर उसने एक ऐड्रेस मेसेज किया।

समर्थ का दिमाग घूमने लगा। उसने ऐड्रेस गूगल किया, तो वो कोई रेज़िडेंशियल एरिया था। ये लड़की क्या प्लान कर रही थी? और इतनी जल्दी मान जाएगी, उसने सोचा नहीं था। उस दिन छत पर मिलने के बाद वो फिर नहीं जा पाया था।

उसका फ़ोन फिर पिंग किया। अगले मेसेज पर उसको हँसी आ गयी।

'प्लीज़, इस बार नींबू बन के आने की ज़रूरत नहीं है।'

अगले सैटर्डे समर्थ उस ऐड्रेस पर टाइम से पहुँच गया, उसे पता नहीं था कि उसकी पिटाई होने वाली थी या वेल्कम! एक लम्बी साँस लेते हुए उसने डोर-बेल बजाई, तो एक सेकंड में ही दरवाज़ा खुल गया, ऐसा लग रहा था कि वो दरवाज़े के पास ही खड़ी थी। उसने घर में निगाह डाली, अंदर सिर्फ़ नंदिनी थी और कोई नहीं दिख रहा था।

अपने कन्फ़्यूज़न पर क़ाबू पाते हुए उसने नंदिनी की तरफ़ देखा, और देखता ही रह गया। 'प्रिन्सेस' तो उसके लिए बहुत ही छोटा शब्द लगने लगा था। हल्के नीले रंग के सूट, गहरे नीले रंग के दुपट्टे में वो बिलकुल अलग सी नज़र आ रही थी। पहली बार उसको सफ़ेद या काले के अलावा किसी और रंग में देखा था। बालों को कुछ किया था उसने, समर्थ को समझ नहीं आया पर बहुत ही अच्छे लग रहे थे, एक कंधे पर ढलके हुए। कानों में वही कंधों तक छूते हुए उसके फ़ेवरेट चाँदी के झुमके।

"हाए!" नंदिनी ने धीरे से कहा जब वो उसे देखता ही रहा।

"ओह! यह तुम्हारे लिए।" समर्थ ने फूलों का बुके उसके सामने कर दिया।

"थैंक्स।" उसने मुस्कुराते हुए पीछे क़दम लिया, "आओ।" जब समर्थ अंदर आ गया तो उसने दरवाज़ा बंद करके लॉक भी कर दिया।

समर्थ ने कमरों में झाँकते हुए कहा, "मुझे पिटवाने का इरादा तो नहीं है ना? तुम्हारे गुंडे तो अंदर नहीं हैं?"

फूलों को डाइनिंग टेबल पर सजाते-सजाते, वो खिलखिला पड़ी। "ये मेरी दोस्त का घर है, वो कॉलेज में है और उसके पेरेंट्स दो दिनों के लिए शहर से बाहर गए हैं। मैंने सोचा तुम मेरे लिए इतने दूर से आते हो, और गिफ़्ट्स भी दिए तो मुझे भी कुछ करना चाहिए। हम यहाँ आराम से बैठ सकते हैं, चार घंटे कोई डिस्टर्ब नहीं करेगा।"

वो कुछ बोला नहीं, बस देखता रहा।

"क्या हुआ?"

"तुम्हें इस कलर में कभी इमैजिन नहीं किया।"

वो हल्के से हंस पड़ी। "मैं इतनी सीधी भी नहीं हूँ। कभी-कभी मस्ती कर लेती हूँ। ये मेरा शहर है ना, मेरे बहुत दोस्त हैं यहाँ पर। प्लीज़, बैठो। चाय लोगे?"

"आय डोंट माइंड।"

"बस दो मिनट।" वो उसके लिए पानी का ग्लास रखकर किचन में चली गयी।

इतनी जल्दी यू-टर्न कैसे हो सकता है? क्या चल रहा था उसके दिमाग में? समर्थ को दाल में कुछ तो काला लग रहा था, लेकिन बेकार में शक करना ठीक नहीं था। उस ने सोफ़े से रूम का मोआईना किया, ए-सी की ठंडी हवा और शाम के ढलते सूरज की रोशनी, खिड़कियों पर लगे हुए परदों के बीच से छन-छन कर कमरे को काफ़ी रोमांटिक बना रही थी।

इससे पहले कि समर्थ और कुछ सोचता, वो एक बड़ी सी ट्रे लेकर आ गई। "चाय बस दो मिनट में हो जाएगी।"

"यह क्या है? इतना सारा!" ब्रेड पकोड़ा, ढोकला और समोसे तो दिख रहे थे, और एक डोंगा ढका हुआ था।

"मैं कभी-कभी ख़ास लोगों के लिए कुछ बना लेती हूँ।" वहीं उसके पास सोफ़े पर बैठकर, उसने एक प्लेट में सबका एक-एक पीस ड़ालकर उसकी तरफ़ बढा दिया। "तुम्हें ब्रेड-पकोड़े पसंद है ना? ढोकला और समोसा मैंने नहीं बनाया, सामने वाली स्वीट-शाप से ले आयी। किचन में बेसन थोड़ा सा ही था।" वो बोलती रही, जैसे थोड़ी नर्वस हो।

"तुम कब से यहाँ मेहनत कर रही हो? इतना करने की ज़रूरत नहीं थी, नंदिनी।"

"पिछली बार तुमने कहा था ना कि रास्ते में खाने का मौक़ा नहीं मिला, तो मैंने सोचा–"

समर्थ से रहा ही नहीं गया, प्लेट टेबल पर रखकर उसने उसे बाहों में खींच लिया। वो ख़ुद को संभाल नहीं पाई और हल्की सी आह के साथ आधी उसके ऊपर ही गिर गई। उसके बदन की भीनी-भीनी ख़ुशबू समर्थ को मधहोश कर रही थी। एक ऊँगली उसके चेहरे पर फेरते हुए होंठ तक ले गया, "तुम क्या जाल बुन रही हो, प्रिन्सेस?"

"जाल, कौन सा जाल?" नंदिनी ने उसका हाथ पकड़ लिया। "अगर तुम मुझे पसंद करो तो ठीक, और अगर मैं भी इस खिंचाव को महसूस करूँ तो गलत?"

"तुम यह महसूस कर रही थी?" उसने उसके होठों को अपने अंगूठे से सहलाते हुए पूछा।

"बहुत दिनों से।" उसकी साँस तेज़ हो रही थी।

"फिर अब क्या?"

"देखते हैं यह हमें कहाँ ले जाता है।"

"मुझे पता था तुम एक विच हो।"

"मैंने तो पहले ही बताया था।" हल्के से मुस्कुराकर उसने नज़रें नीची कर लीं। उसका हाथ उसके गले पर चला गया जहाँ टी-शर्ट के बटन खुले हुए थे। "भूख नहीं लगी?"

"अभी तो हर टाइप की भूख लगी है।" समर्थ की ऊँगली अब उसके डिम्पल पर थी।

"नाश्ता ठंडा हो जाएगा, तो अच्छा नहीं होगा।"

"और हम?"

"अच्छे घर की लड़कियाँ डबल मीनिंग वाली बातें नहीं करती," कहकर उसके सीने पर हाथ टिकाकर वो उठ खड़ी हुई, "चाय का पानी उबल रहा है।" एक क़ातिल नज़र फेंकते हुए किचन में चली गई।

प्लेट उठाते-उठाते समर्थ को लग रहा था जैसे वो सपना देख रही हो। पर सपना अच्छा हो तो प्रॉब्लम क्या थी। सब चीज़ें बहुत

ही टेस्टी थीं और वाक़ई में उसे भूख भी बहुत लगी थी। जब तक वो समोसे तक पहुँचा वो चाय ले आयी। "इसमें क्या है?" समर्थ ने बंद डोंगे की तरफ़ इशारा किया।

"खीर, मेरी स्पेशीऐलिटी। पूरे वनस्थली में मेरे से अच्छी खीर कोई नहीं बनाता।"

"अच्छा!"

"ऐसा भईया कहता है।" वो खिल खिलाकर हंस दी, और चाय लेकर उसके पास बैठ गई। "और तुम्हें तो पता ही है भईया मुझे खुश करने के लिए कुछ भी कह देता है।"

चाय पीते-पीते समर्थ उसको देखता रहा।

"अब क्या हुआ?"

"अभी भी विश्वास नहीं हो रहा। तुम रियल हो क्या?" उसने नंदिनी के गाल पर आई हुई लट को कान ने पीछे किया।

"पास आकर देख लो," उसने हल्के से कहा, इतने हल्के जैसे हवा का झोंका कुछ फुसफुसा के चला गया हो। उसके गालों पर हल्की सी लाली भी आने लगी।

समर्थ ने कप टेबल पर रखा और उसके पास खिसक आया। "आर यू श्योर?"

जवाब में वो उसकी शर्ट को मूठी में भींचकर, और क़रीब आ गई। अब उनके होंठों के बीच में सिर्फ़ दो इंच की दूरी थी। समर्थ ने उसके होठों की तरफ़ देखा और वो दूरी भी ख़त्म कर दी। नंदिनी के हाथ उसके सीने से होते हुए गले से लिपट गए। साँसे साँसों में घुल रही थीं, धड़कनें धड़कनों को बढ़ा रहीं थीं।

कमरे में सिर्फ़ ए-सी का बज़ था और उनकी साँसों की सरसराहट।

समर्थ को अपने पर क़ाबू नहीं रहा, जब नंदिनी का हाथ उसकी टी-शर्ट के बटन पर गया। दो बटन तो पहले से ही खुले थे नंदिनी ने आख़िरी वाला भी खोलकर उसके सीने को हल्के से चूम लिया। समर्थ के हाथ उसके पूरे बदन पर दौड़ रहे थे। नंदिनी के हाथ अब उसकी टी-शर्ट के नीचे कमर पर थे।

कोई होश बाक़ी नहीं रहा।

कब उसकी टी-शर्ट उतरी? नंदिनी की कुर्ते की ज़िप कब उसके हाथ में आयी और कब खुली, उसे कुछ याद नहीं। कुर्ते के दोनो सिरे गले पर हल्के से खुल गए थे, काली लेस उसके गोरे उभार पर साफ़ नज़र आ रही थी। साँसें और गरम हो गयीं और चाहतों की नयी लहर ने उफान ले लिया था। समर्थ की उँगलियाँ लेस को सहलाती हुईं, सामने वाले हुक पर ठहर गयीं। उसके हाथ के नीचे नंदिनी की स्किन थरथरा उठी। समर्थ का हाथ भी काँप गया।

नंदिनी ने गले से एक हल्की सी सिसकी निकल गई, वो और पास आ गई।

एक मिनट!

सामने ज़िप और सामने ही हुक! सब कुछ ज़्यादा ही ईज़ी और कनविनीएंट नहीं हो रहा था? समर्थ के दिमाग के किसी कोने में पज़ल का आख़िरी टुकड़ा सही जगह पर बैठ गया। एक पल में सब कुछ साफ़ हो गया। उसने नंदिनी के हाथ को, जो उसकी बेल्ट को टटोल रहे थे, पकड़ लिया।

जब से उसने उसके लिए दरवाजा खोला था, तब से नंदिनी ने उसे पूरी तरह अपने बस में किया हुआ था। उसकी शानदार स्कीम में वो सिर्फ़ एक मोहरा था। जिस दिन उसने वो मैसेज किया था, उस दिन से वो उसे इसी सीन की तरफ़ ले जा रही थी। यहाँ वो अपना होश खो देने के पोईंट पर था, लेकिन उसके हाथ तभी भी नहीं काँपे जब उसने उसका बटन खोला था, या तब जब टी-शर्ट उसके सिर के ऊपर से निकाला था। समर्थ ने उसके कंधों को पकड़कर उसे थोड़ा दूर किया।

"समर्थ...?" उसने अपनी सेक्सी आँखों को ऊपर उठाया, लग रहा था कि उसको यह इंटरप्शन अच्छा नहीं लगा।

अपने गुस्से और साँसों को कंट्रोल करने की कोशिश करते हुए, उसने उसके निचले होंठ को अंगूठे से सहलाया। "तुमने बहुत अच्छी प्लानिंग की थी, प्रिन्सेस।"

"प्लानिंग?" उसने चौंक कर ख़ुद को छुड़ाने की कोशिश की। "कौन सी प्लानिंग? मेरे पास वापस आओ।"

"तुम बहुत सेक्सी और सुंदर लड़की हो, जानेमन। लेकिन हम यह तभी शुरू और ख़त्म करेंगे जब तुम्हें मेरी शर्त मंज़ूर हो।" उसने उसकी ड्रेस के दोनो हिस्सों को पकड़कर ज़िप बंद कर दी।

"शर्त?"

"जब तुमने मुझे मेसेज किया, तो मुझे लगा कि तुम मेरी भावनाओं को समझ रही हो, लेकिन अब मुझे किसी भी बात पर यकीन नहीं है।" उसे अलग कर के वो अपनी टी-शर्ट को चारों ओर ढूँढने लगा।

नंदिनी उठ बैठी। "समर्थ, मैं तुमको पसंद करती हूँ।"

"मुझे पता है।" उसने टी-शर्ट को, जो फ़्लोर पर गिर गई थी, उठाया।

"मुझे भी तुम चाहिये। मैं तुम्हारे साथ रहना चाहती हूं। क्या तुम नहीं समझ रहे कि मैं ऐसा तुम्हें बचाने के लिए कर रही हूं? यह काफ़ी क्यों नहीं हो सकता?"

उसने टी-शर्ट पहन ली।

"मैं तुम्हें कैसे समझाऊँ कि मैं एक और सदमा नहीं झेल सकती!"

"मैं मरने वाला नहीं हूँ, फ़ॉर गॉडस सेक!" उसके चेहरे को देखते हुए, उसने महसूस किया कि उसकी आवाज़ काफ़ी तेज़ हो गई थी, लेकिन समर्थ को बहुत गुस्सा आ रहा था। "तुम्हारे ख़याल से इस तरह रहने से मुझे कुछ नहीं होगा, पर शादी के सात फेरे ले लेने से सब गड़बड़ हो जाएगा?"

वो उसे घूरती रही।

"हमारी जैसी निराली जोड़ी शायद ही कहीं होगी, जहाँ लड़का कह रहा है शादी करनी है, और लड़की ज़िद कर रही है कि लिव-इन रिलेशन्शिप चाहिए!"

"हम शादी के जंजाल के बिना क्यों नहीं रह सकते? यह काफ़ी क्यों नहीं है तुम्हारे लिए?"

"ऐसे छुप-छुप कर? चोरों की तरह? तुमने आगे पीछे सोचा भी है? क्या होगा अगर किसी दोस्त का घर नहीं मिला? क्या होगा अगर अचानक कोई आ गया? किसी ने आते-जाते देख लिया? क्या

सोचेंगे लोग तुम्हारे बारे में? फिर दो, तीन... या पाँच साल बाद क्या होगा? मेरे माँ, पापा बोलेंगे मुझे शादी करने को, तो क्या मैं एक वाइफ़ के साथ तुम्हें मिस्ट्रेस बना के रखूँगा?" थककर उसने अपनी मुँह पर हाथ फेरा। "मैं एक ट्रेडिशनल आदमी हूँ, नंदिनी। तुम मुझे हक़ से मेरी ज़िंदगी, मेरे घर, मेरे कमरे और मेरे बिस्तर पर चाहिए। मुझे सब कुछ चाहिए। घर, बच्चे, सब कुछ। पर ऐसा लगता है तुम्हारी चाहतें कुछ और हैं।"

नंदिनी चुप-चाप सिर झुकाए बैठी रही। उसे लग रहा था कि वो बहुत गुस्सा था लेकिन कंट्रोल किए हुए था। सच में नंदिनी ने इतनी दूर का नहीं सोचा था, और उसकी आँखें भर आईं।

अपना मोबाइल लेकर वो उठ खड़ा हुआ। "मेरी इससे ज़्यादा बेज्जती कभी नहीं हुई है, नंदिनी। तुमने मेरी चाहत को सिर्फ़ एक ही नज़र से देखा। मुझे नहीं लगता कि हमारे ख़याल मैच करते हैं, मेरा बैड-लक। अगर तुम्हें मेरा प्रपोज़ल ठीक लगता है, तो तुम्हारे पास मेरा नम्बर है, लेकिन फिर इस तरह की हरकत मत करना।"

जब सब बोलकर वो चला गया, तो आँसूओं का बाँध टूट गया। वो सोफ़े पर गिर पड़ी।

थोड़ी देर बाद वो उठी सारी चीज़ों को संभाल के किचन में रखा, कपड़े बदले और दिव्या के लिए एक मेसेज डालकर चली गयी।

नंदिनी यही तो चाहती थी कि वो उसका पीछा छोड़ दे, सो उसने छोड़ दिया, लेकिन उसका दिल उसी की यादों में अटका रहा। हफ़्तों तक वो हर एक मिनट अपना मोबाइल चेक करती रही, लेकिन फिर समर्थ का कॉल या मेसेज नहीं आया।

"समर्थ, मैंने मिस्टर भाटिया के प्रपोज़ल के फ़ायनैन्शल फ़िगर्स तुम्हें ईमेल कर दिए हैं।" सुजाता ने उसके ऑफ़िस में झाँका।

वो उसकी तरफ़ देखकर हल्के से मुस्कुरा दिया, "हाँ, मैंने देख लिए।"

"ग्रेट!" वो जैसे आयी थी वैसे ही चली गई।

समर्थ को पता था कि सुजाता को पता था, कि उसने ईमेल देख ली थी, क्योंकि रीड रेसीट गयी होगी, लेकिन फिर भी वो किसी ना किसी बहाने से उसके ऑफ़िस में आती रहती थी। समर्थ को यह भी पता था कि वो उसको पसंद करती थी। बहुत दिनों से हिंट दे रही थी, लेकिन समर्थ अभी भी नंदिनी को भुला नहीं पा रहा था, रह-रह कर उसका ख़याल आता ही रहता था। तीन महीने हो रहे थे उस दिन को, फिर उन दोनो के बीच कोई बात नहीं हुई।

एक सेकंड को लगा, उसे नंदिनी को एक सपने की तरह भूल जाना चाहिए और उसने सुजाता को फ़ोन लगा दिया। "सैटर्डे को डिनर पर चलोगी?"

सैटर्डे शाम ठीक-ठाक ही गुज़री, वो बोर तो बिलकुल नहीं हुआ। सुजाता को काफ़ी दिनों से जानता था, तो बहुत सारे टॉपिक्स थे बात करने के लिए। डिनर के बाद उसको घर छोड़कर समर्थ ने गाड़ी अपने घर के तरफ़ मोड़ ली, मेन रोड पर राइट लिया ही था, कि पीछे से एक ज़बरदस्त झटका लगा, गाड़ियों की टकराने, ब्रेक के चिंघाड़ने की आवाज़ कहीं दिमाग में गूँज गई। उसने गाड़ी सम्भालने की कोशिश की, लेकिन फिर कार पर बायीं तरफ़ कोई चीज़ टकराई, उसका सिर खिड़की की तरफ़ झटका, एक जबदस्त दर्द की लहर पूरे शरीर में दौड़ गई, और फिर क्या हुआ उसे कुछ पता नहीं लगा।

~ १० ~

"हेलो?" नंदिनी ने बिना देखे ही फ़ोन कान में लगा लिया।

"नंदिनी? संजना, समर्थ की बहन।"

कुछ सेकंड तक तो नंदिनी रिऐक्ट ही नहीं कर पाई, फिर बोली, "कैसी हो, संजना?" आवाज़ जैसे सूख सी गयी थी।

"समर्थ का ऐक्सिडेंट हो गया है, वो तीन दिन से कोमा में है। सोचा तुम्हें बता दूँ।"

इससे पहले कि वो कुछ बोल पाती, संजना ने फ़ोन काट दिया।

नंदिनी स्टैचू बनी वहीं बैठी रही। फ़ोन जैसे कान से चिपक ही गया। एक और बार ऐसे ही फ़ोन आया था। एक और बार ऐसा ही शॉक लगा था, लेकिन इस बार तड़प कुछ ज़्यादा ही थी, क्योंकि वो हॉस्पिटल में था, और साँस ले रहा था।

ऐसा तो होना ही नहीं चाहिए था। उसकी सलामती के लिए ही तो नंदिनी ने सारे कनेक्शन तोड़ दिए थे, फिर उसके साथ ऐसा क्यों हुआ? उन दोनों ने तीन महीने से कोई बात नहीं की थी, और ना ही कोई बात होने का चान्स था, फिर इतना बड़ा ऐक्सिडेंट क्यों? दिल में इतना दर्द उठ रहा था कि उसे मुँह खोलकर साँस लेनी पड़ रही थी, लेकिन फिर भी ऐसा लग रहा था जैसे कमरे में ऑक्सिजन ही नहीं थी। वो बाहर छत पर भागी, आँसू झर-झर के बहने लगे थे।

"नंदिनी, मम्मी बुला–" भईया ने पीछे से आवाज़ लगाई, वो एक हफ़्ते की छुट्टी पर आया हुआ था। "नंदिनी? नंदिनी! क्या हुआ?" वो दौड़कर उसके पास आया और उसे गले से लगा लिया।

थोड़ी देर तक तो कुछ समझ नहीं आया, वो क्या बोल रही थी, लेकिन फिर वो थोड़ा शांत हुई तो पता लगा। उसको चुप करके कमरे में ले गया और पानी पिलाया। "तुम उसको देखने जाना चाहती हो?" भईया ने पूछा।

उसने 'नहीं' में सिर हिला दिया।

"क्यों नहीं?"

"अगर मैं उसके पास गयी तो उसकी हालत और बिगड़ जाएगी," उसने सिसकते हुए कहा।

"और अगर ठीक हो गया तो?"

～

ड्राइवर को पार्किंग में रूकने के लिए बोलकर, भईया और नंदिनी टैक्सी से उतर गए, लेकिन नंदिनी के पैरों ने काम करना बंद कर दिया था। क्या सोचेंगे वो लोग? कहीं उसको देखकर गुस्सा ना हो जाएँ। वो इतनी देर तक एंट्रन्स पर खड़ी रही कि आस-पास के लोगों ने घूरना शुरू कर दिया।

"चलो," भईया ने उसे रिसेप्शन डेस्क की तरफ़ धकेलते हुए कहा।

रिसेप्शन पर नर्स ने कहा कोई एक ही ऊपर जा सकता है, तो भईया ने उसे ही जाने को कहा। वो डरते-डरते लिफ्ट में घुस तो गयी, पर उसके हाथ-पाँव ठंडे बिलकुल ठंडे हो रहे थे, इतने कि ICU के फ़्लोर का बटन तीन बार कोशिश करने पर जला। कॉरिडोर में साइन-बोर्ड्स पढ़ते-पढ़ते वो ICU के सामने पहुंची, तो देखा सामने कुर्सी पर समर्थ की माँ बैठी हुई थीं। नैना भाभी कॉरिडोर में धीरे-धीरे टहल रही थीं।

नंदिनी को समझ नहीं आ रहा था कि वो क्या बोले, या क्या करे। आँसू आँख के पीछे फड़फड़ा रहे थे। गले में ढलकता हुआ पानी अंदर घटक कर, वेटिंग एरिया की तरफ़ एक क़दम और लिया, तभी आंटी ने चौंककर उसकी तरफ़ देखा। नंदिनी वहीं ठिठक गयी। आंटी का रुआँसा चेहरा देखकर, उसके आँसू भी उमड़ पड़े, इतने घंटों की चिंता और ग़म आँखों से पानी की तरह निकलने लगा।

तभी पीछे से कुछ हलचल हुई।

"क्या हुआ, सिस्टर?" समर्थ की माँ की तेज़, पर घबराती हुई आवाज़ ने उसके दिल को और धड़का दिया। पेट में मरोड़ और बढ़ गया।

नर्स ने जल्दी से कुछ कहा और एक पेपर लेकर अंदर ICU में भाग गयी।

आंटी ने मुड़कर नंदिनी को दो सेकंड देखा, फिर नैना और वो नर्स के पीछे-पीछे चली गईं।

नंदिनी को लगा कि वो फिर से वहीं पहुँच गयी हो, जहाँ दो साल पहले थी। वही हॉस्पिटल का ICU, वही ऐंटिसेप्टिक की महक और वही पुराना डर! एक क़दम पीछे लेकर, वो झटके से पहले ICU से, और फिर हॉस्पिटल से बाहर आ गयी। खुली हवा में वो साँस तो ले पाई, लेकिन डर ने उसका पीछा वहाँ भी नहीं छोड़ा।

"क्या हुआ नंदिनी?" नीचे पहूंचते ही भईया ने पूछा।

"चलो वापस।"

"पर हुआ क्या?"

"मुझे यहाँ से ले चलो, भईया!" वो और नहीं सह सकती। भगवान पता नहीं उसे किस चीज़ की सज़ा दे रहा है। दुनिया की सबसे अनलकी लड़की वो ही होगी। लेकिन इस बार जो हुआ वो तो होना ही नहीं चाहिए था। उसने तो समर्थ को रिजेक्ट कर दिया था, फिर क्यों हुआ उसका ऐक्सिडेंट? क्यों उसकी जान ख़तरे में थी?

उसका बदहवास चेहरा देखकर भईया ने कुछ और नहीं कहा, और वो दोनों सीधे होटेल वापस चल पड़े। भईया को शाम की फ़्लाइट से वापस बेंगलुरु जाना था, और नंदिनी की फ़्लाइट जयपुर के लिए सुबह की थी।

नैना का गला अभी भी भरा हुआ था। जबसे नर्स ने कहा कि पेशंट को होश आ गया, उसकी आँखें भी नम हो रही थी। माँ के पीछे-पीछे वो भी ICU वार्ड में घुस गयी। समर्थ के सिर पर चोट थी, सीधे हाथ और दोनो पैर पर प्लास्टर था, और बाएँ पैर की तरफ़

तो वो देख ही नहीं पा रही थी। मुँह पर ऑक्सिजन मास्क और आसपास इतनी सारी मशीनें और ट्यूब्ज़ देखकर ही लग रहा था, कितना ख़तरनाक ऐक्सिडेंट था। जब समर्थ ने उन्हें देखकर हल्के से पलकें झपकायीं तो उसको और रोना आ गया। कितना दर्द हो रहा होगा, और जब उसे सच पता चलेगा तब तो पता नहीं क्या होगा!

"कैसा है, बेटा।" माँ ने उसके सर पर हाथ फेरा।

समर्थ ने फिर से पलकें झपका दीं।

"दर्द है?"

समर्थ ने हल्के से सिर हिलाया, और नैना की तरफ़ देखा। उसने स्माइल तो कर दिया और आशा की, कि जितनी स्ट्रॉंग माँ दिख रहीं थीं उसकी आधी भी वो दिख पा रही हो।

"बाक़ी सब लोग भी हॉस्पिटल में ही कहीं हैं।"

"मिसेज़ मेहरा, अब पेशंट को रेस्ट करने देना चाहिए," डॉक्टर गोस्वामी ने कहा।

"समर्थ," माँ ने फिर से उसके सर पर हाथ फेरा, उनका बेटे के पास से उठने का मन नहीं था। "नंदिनी भी आयी है, बाहर है।"

नैना चौंक गयी। समर्थ की आँखों में जैसे थोड़ी और चमक आ गयी हो। माँ ने उसे ज़िंदगी के लिए लड़ने की एक और वजह दे दी थी। सच में माँ के जैसा कोई नहीं था। उन्हें उन चारों की रग रग की पहचान थी।

"नैना, नंदिनी कहाँ है?" ICU से निकलकर हुए माँ ने इधर उधर देखा।

"अरे अभी तो यहीं थी, मैं तो आपके पीछे ही चल दी। नर्स ने बोला सिर्फ़ दो लोग ही जा सकते हैं।"

"पता नहीं क्या सोचकर चली गई? उसे कैसे पता चला? तुम्हारे पास उसका फ़ोन नम्बर है?"

"नहीं, शायद संजना के पास होगा।"

"ठीक है, अगर नहीं है तो समर्थ के फ़ोन में तो होगा ही। उसको कॉल करके बोल दो, कि समर्थ को होश आ गया है, पता नहीं क्या बीत रही होगी उस पर।"

"ठीक है।"

नैना फ़ोन नम्बर ढूँढ कर उसे बार-बार फ़ोन करती रही, लेकिन उसका फ़ोन नहीं मिला। रिंग जा ही नहीं रही थी।

"नंदिनी को ऐक्सिडेंट के बारे में किसने बताया?" माँ ने डिनर पर पूछा।

"मैंने," संजना ने कहा, "क्यों क्या हुआ?"

"वो हॉस्पिटल आयी थी, फिर समर्थ को बिना देखे ही चली गयी," नैना ने कहा।

"उससे ज़्यादा बेवक़ूफ़ लड़की मैंने ज़िंदगी में नहीं देखी।"

"संजना! ऐसे नहीं कहते। इतनी कम उम्र में जो उसने सहा है उसकी तुम कल्पना भी नहीं कर सकती। उसका डर जायज़ है।"

"डर, कैसा डर? पहले तो समझने को तैयार नहीं, और अब आ गयी तो बिना मिले चली गयी! हम क्या खा जाएँगे उसे?"

"उसे डर हमसे नहीं है, बेटा। उसे डर उस दुःख से है जो वो ऑल-रेडी झेल चुकी है। उसे लगता है कि वो जब भी खुशी की कामना करेगी उसे दुःख ही मिलेगा।"

"खुशी, यानी समर्थ?"

माँ हल्के से हंस दी।

यश को उसकी हाई चेयर पर बैठाते हुए, नैना भी मुस्कुराने लगी। पिछले कुछ दिन बहुत ही भारी थे पूरी फ़ैमिली के लिए। बहुत दिनों बाद सबके चेहरे पर थोड़ी खुशी और राहत की झलक दिख रही थी। उसने मन ही मन भगवान को थैंक्स दिया, और सिद्धार्थ के लिए रात का सामान पैक करने लगी। खाना खाने के बाद सिद्धार्थ रात में हॉस्पिटल में रूकने जा रहा था।

"क्या बात है? सब खुश लग रहे हैं," सिद्धार्थ ने डाइनिंग टेबल पर बैठते हुए पूछा। "मुझे भी तो पता चले।"

"पथा छले," यश ने अपने पापा के शब्दों को अपनी तोतली ज़बान में दोहराते हुए कहा और सबको हँसा दिया।

"नंदिनी मुंबई में है," माँ ने कहा।

"अच्छा।" सिद्धार्थ ने यश को टिकल किया, और वो खिलखिलाकर हंस पड़ा। "अकेले आयी है कि कोई था साथ में?"

"पता नहीं, कोई और तो दिखा नहीं हॉस्पिटल में। नैना, समर्थ के फ़ोन पर उसके भाई का भी फ़ोन होगा, मुझे देना, मैं ही उसकी मम्मी से बात करके उसे घर पर बुला लेती हूँ।"

"क्या यह ठीक रहेगा?" संजना ने पूछा। "समर्थ को पता नहीं कैसा लगेगा?"

"नंदिनी अगर मुंबई में है तो उसको घर बुला लो, हम उसे रागिनी की शादी से जानते हैं, घर की लड़की होटेल में रहे, यह ठीक नहीं है," पापा ने कहा।

नंदिनी को विश्वास ही नहीं हो रहा था कि समर्थ को होश आ गया था, और वो उसके घर में थी।

उसने अपना फ़ोन तो ऑफ़ ही कर दिया था, फिर कल रात नैना भाभी का फ़ोन भईया के फ़ोन पर आया, और फिर मम्मी का वनस्थली से। उन्होंने बताया कि गीता आंटी उसको अपने घर रहने के लिए इन्वाइट कर चुकी थीं। अगर नंदिनी को ठीक लगे तो जितने दिन वो मुंबई में रहना चाहे उनके साथ रह सकती है, और कॉल के आधे घंटे बाद ही संजना, और नैना उसके होटेल आकर उसे घर ले गईं। भईया की बेंगलुरु वापस जाने की फ़्लाइट रात को ही थी तो वो वहीं से एअरपोर्ट चला गया।

अगले दिन, लंच लेकर वो नैना भाभी के साथ हॉस्पिटल पहुंची। गीता आंटी वहाँ सुबह से थीं। नैना भाभी हॉस्पिटल का पास उसको पकड़ाते हुए बोली, "एक बार में दो लोग ही अंदर जा सकते हैं। माँ अंदर है, तुम जाओ। जब वो बाहर आएँगी तब मैं आ जाऊँगी, और नंदिनी उसे अपनी हालत के बारे में पता नहीं है, तो कुछ बोलना मत।"

नंदिनी का दिल फिर से बैठ गया। क्या हुआ था उसे? वो उसे देखना भी चाहती थी और नहीं भी। अच्छा होता कि जब समर्थ ठीक हो गया होता तभी आती। हॉस्पिटल का माहौल उसे बिलकुल पसंद नहीं था। हर तरफ़ ख़ामोशी और हर तरफ़ दुःख ही महसूस होता था। बोझिल क़दमों से वो अंदर गयी।

समर्थ को देखते ही उसे और रोना आने लगा। कितनी ट्यूब्स, कितनी मशीनें, और ऑक्सिजन मास्क भी लगा हुआ था। तभी उसकी नज़र उसके पैरों पर पड़ी, ऐसा लगा कि वो वहीं गिर जाएगी। उसने बेड की रेलिंग पकड़ ली। ब्लैंकेट का उभार देखकर उसे समझ आ गया की नैना भाभी क्या बोल रही थीं। क्या होगा जब समर्थ को पता चलेगा!

गीता आंटी उसको देखकर उठ खड़ी हुईं। "समर्थ देखो तुमसे मिलने कौन आया है?" उन्होंने धीरे से कहा और नंदिनी को आगे कर दिया। समर्थ ने आँखें धीरे से खोलकर उसकी तरफ़ देखा। नंदिनी को समझ नहीं आया वो क्या बोले। शब्द जैसे अटक गए थे गले में। आंटी जा चुकी थीं।

जब समर्थ ने धीरे से हाथ हिलाकर उसकी उँगलियों को छुआ, तो उसने चौंककर नीचे देखा। वो उसका हाथ अपने हाथ में लेना चाहता था। हाथ में IV ट्यूब से ज़ख़्म हो गया था। वो उसका हाथ हल्के से पकड़ कर वहीं पास में स्टूल पर बैठ गई। समर्थ ज़्यादा देर आँखें नहीं खोल पाया। फिर जब बाहर आयी तो वेटिंग रूम में रो पड़ी। नैना बहुत मुश्किल से उसे चुप कराकर घर ले आयी।

"अरे नंदिनी बेटा, सोई नहीं?" गीता आंटी ने रात में उसे पूजा रूम में पकड़ लिया। वो ज़मीन पर बैठी सामने जलते दीए को देख रही थी। "नींद नहीं आ रही नई जगह में? अरे तुम रो क्यों रही हो?" वो उसके पास चेअर पर बैठ गयीं और उसके बालों को हल्के से सहलाया। "क्या हुआ? अब तो ख़तरा टल गया है।"

"आपको नहीं लगता ये सब मेरी वजह से हुआ होगा?"

"क्यों? इतने महीने तुमने उसे फ़ोन नहीं किया, वो तो तुम्हारी उम्मीद छोड़ चुका था। किसी से दोस्ती भी हो गयी थी ऑफ़िस में।"

आंटी के शब्दों ने उसके दिल को तार-तार कर दिया। कुछ भी बोलने के लिए शब्द नहीं थे, पर अगले पल उन्होंने उसके सारे घावों पर दवा लगा दी।

"पर मुझे तो लगता है कि तुम्हारे आने से वो कोमा से बाहर निकला है?"

नंदिनी ने चौंककर उनकी तरफ़ देखा।

"यहाँ ICU में तुम्हारी नज़र पड़ी और वहाँ नर्स बोली समर्थ को होश आ गया है। फिर तो वही समझेंगे ना?"

वो फूट-फूटकर रो पड़ी। "अरे, नंदिनी!" आंटी ने उसके पास ज़मीन पर बैठकर उसे अपने गले लगा लिया। वो बहुत देर तक उसे सीने से लगाए पुचकारती रही और पीठ सहलाती रही।

जब वो थोड़ा सा संभली तो आंटी बोली, "उस रात जब वो ट्रेन में था तो किसी प्रोजेक्ट पर काम कर रहा था। मुंबई वापस पहुंचते ही उसको वो कॉंट्रैक्ट मिल गया। सबसे बड़ा प्रोजेक्ट था, अब तो उसकी कम्पनी थोड़ा प्रोफ़िट भी कमा रही है। मुझे तो लगता है तुम उसके लिए लकी हो।"

आंटी की बातों से ऐसा लग रहा था जैसे उसकी सालों से सूखी ज़िंदगी में किसी ने बारिश के ठंडे छींटें पड़ गए हो।

"रात बहुत हो गयी है, मेरे ख़याल से हम दोनों को सोने की कोशिश करनी चाहिए। पर मैंने जो कहा उसके बारे में सोचना ज़रूर।"

आज सबने ही छुट्टी ली थी। सिद्धार्थ को पता था कि पूरी फ़ैमिली को अभी एक और अग्नि-परीक्षा से गुज़रना है। आज समर्थ को रूम में शिफ़्ट करना था। उसके पेन-किलर्स का असर कम होगा तो क्या होगा यह सोच-सोच कर सबकी नींद उड़ी हुई थी। आज उसको रूम में शिफ़्ट करने के लिए माँ, पापा, और वो जा रहे थे।

इतने दिनों से माँ ख़ुद को बिलकुल सम्भाले हुईं थीं, लेकिन आज उनके आँसू नहीं थम रहे थे। हॉस्पिटल तक जाते-जाते उससे लिपटकर कार में रोती ही रही और पापा की भी आँखें नम ही रहीं।

थोड़ी ही देर में वो तीनो समर्थ के सामने थे। आज उसके चेहरे का रंग पहले से अच्छा था। उन सबको देखकर उसके चेहरे पर आई मुस्कुराहट ने सिद्धार्थ के दिल को चीर दिया। डॉक्टर गोस्वामी पास ही खड़े थे।

"क्या हुआ, डॉक्टर साहब? आज आपने तीन लोगों को अंदर कैसे आने दिया?" समर्थ ने कहा।

डॉक्टर गोस्वामी मुस्कुरा दिए, "समर्थ, इससे पहले कि हम तुम्हें शिफ़्ट करें, मैं तुम्हारी इंजरी और आगे क्या करना है उसके बारे में बता दूँ तो अच्छा रहेगा।" जैसे-जैसे डॉक्टर गोस्वामी उसको उसकी चोटों को लिस्ट कर रहे थे, सिद्धार्थ की, बेड की रेलिंग, पर पकड़ बढ़ती जा रही थी। "और हाँ... मैंने पेन-किलर्स का डोज़ कम किया है, तुम्हें थोड़ा दर्द महसूस–"

"दर्द तो ठीक है, लेकिन मुझे एक प्रॉब्लम और लग रही है," समर्थ ने उन्हें रोकते हुए कहा, "मैं अपने बाएँ पैर की उँगलियाँ हिला नहीं पा रहा हूँ।"

पूरे कमरे में सन्नाटा छा गया। एक सेकंड बाद माँ की सिसकी निकल गयी, उन्होंने पापा की बाँह ज़ोर से पकड़ ली।

"क्या हुआ? माँ, तुम रो क्यों रही हो?" समर्थ की आँखों की चमक ख़त्म हो गई थी। समर्थ के गले में नेक-ब्रेस लगा था, और पैरों में प्लास्टर था इसीलिए वो अपने नीचे वाले शरीर को देख नहीं पा रहा था। उसने सवाल भरी नज़र से सिद्धार्थ की तरफ़ देखा, और फिर उसकी नज़र डॉक्टर गोस्वामी पर आके टिक गयी।

उन्होंने एक लम्बी साँस ली और बोले, "तुम चल पाओगे, समर्थ। तुम्हारा बायाँ पैर कार में क्रश हो गया था। तुम्हें कार से निकालने के लिए काटना पड़ा, टाइम नहीं था, तुम्हारी जान बचानी ज़्यादा ज़रूरी थी।"

"मैंने सबसे अच्छे प्रास्थेटिक एक्सपर्ट से बात की है, समर्थ," सिद्धार्थ ने जल्दी से कहा, "जैसे ही चोट ठीक होगी, सब ठीक हो जाएगा और तुम आराम से खड़े हो पाओगे।"

समर्थ कुछ नहीं बोला, बस अपनी आँखें बंद कर लीं। माँ का रोना तो बंद हो गया लेकिन हिचकी अभी भी बंधी हुई थी। जब समर्थ ने आँखें नहीं खोलीं, डॉक्टर गोस्वामी नर्स को ICU के बाद क्या करना है, समझाने लगे।

दो घंटे बाद वो रूम में शिफ़्ट हो गया। भाई शायद दवाओं, एक्स-रे रिपोर्ट्स वगैरह के पीछे दौड़ रहा था, माँ, और पापा उसके आगे पीछे घूमते रहे। तब तक लंच टाइम भी हो गया। इतने घंटों में वो किसी से कुछ नहीं बोला। क्या बोलना था? सब कुछ तो

ख़त्म हो गया। उसे अभी भी समझ नहीं आ रहा था कि ऐसा उसके साथ कैसे हो सकता है। दर्द ने अजीब सी शक्ल ले ली थी, पूरे शरीर से सिमटकर सीने में आ गया था। हालाँकि अब वो अपना बेड का सिरहाना उठा सकता था, पर उसने नीचे देखने की कोशिश ही नहीं की, हिम्मत ही नहीं हो रही थी।

शाम को कुछ घंटों के लिए नैना और संजना थी उसके पास, लेकिन वो उनसे भी आँख नहीं मिला पाया। सबके चहरे पर एक अजीब सा एक्स्प्रेशन था, जैसे कि सब उसके रिऐक्शन का वेट कर रहे थे। उसके आगे पीछे खुशी का माहौल बनाने की ज़बरदस्त कोशिश बनावटी सी लग रही थी।

"मुझे वहीं मर जाने दिया होता," आख़िर उसने बोल ही दिया, जब रात को भाई उसके साथ रूकने आया।

भाई ने एक लम्बी साँस ली। "हाँ, वो भी कर सकते थे," उसने पास वाली चैअर पर बैठते हुए कहा, "लेकिन फिर मुझे माँ, पापा की याद आ गई। क्या जवाब देता जब वो पूछते कि मेरे बेटे की जान क्यों नहीं बचाई? पैर ज़्यादा ज़रूरी था या साँस लेता बेटा?"

समर्थ की आँख से एक आँसू कोने से निकलकर कान में चला गया। सिद्धार्थ ने देखा तो लेकिन कुछ कहा नहीं। समर्थ को बचपन से ही किसी टाइप की सहानुभूति से सख़्त नफ़रत थी। उसे सिर्फ़ टाइम चाहिए था, मुश्किल को ऐक्सेप्ट करने के लिए। एक बार उसे प्रॉब्लम की तह समझ आ जाती थी, फिर वो उसे फ़तह कर ही लेता था।

"कितना काट दिया?" थोड़ी देर बाद उसने पूछा।

"ऐंकल से दो इंच ऊपर।"

समर्थ ने आँखें बंद कर लीं।

दोनो ने ही रात सोते जागते बिताई। सुबह तक समर्थ ने ज़िंदगी से समझौता कर लिया, माँ, पापा की ख़ातिर, लेकिन भगवान से वो अभी भी नाराज़ था–पहले नंदिनी और अब यह। सोचा था थोड़े समय बाद वो माँ को सीधे ही भेजेगा उसके दादाजी के पास, लेकिन अब तो किसी हालत में उसका हाथ नहीं माँग सकता। किसी लंगड़े को कोई क्यों देगा अपनी लड़की?

वो अभी भी सपनों में आकर उसे परेशान करती थी। ICU में भी लगा वो आई थी, शायद रो रही थी फिर ग़ायब हो गई। अच्छा ही हुआ कि वो कहानी आगे नहीं बढ़ी, नहीं तो इस ऐक्सिडेंट के लिए भी वो ख़ुद को ही ज़िम्मेदार ठहराती।

सुबह नाश्ता लेकर संजना, नैना और यश आए, तभी सिद्धार्थ गया। यश बहुत देर तक समर्थ का हाथ पकड़कर बेड पर बैठा रहा, जो बहुत बड़ी बात थी, शायद नैना उसे ख़ूब समझाकर लाई थी। ऊँगली दिखा-दिखा कर IV ट्यूब, दवाएँ, प्लास्टर, एक-एक चीज़ को समझने की कोशिश कर रहा था। यश को देखकर थोड़ी देर के लिए समर्थ अपने ग़म भूल गया। एक वही था जो उसे नॉर्मल लग रहा था, बाक़ी सब तो सिर्फ़ खुश होने का ड्रामा कर रहे थे।

दो घंटे बाद उसकी पसंद का खाना लेकर माँ, और नैना की मॉम, सपना आंटी आ गयीं। सपना आंटी थोड़ी देर तक इधर-उधर की बातें करके चली गयीं। माँ थकी हुई लग रहीं थीं, लेकिन कल से बेहतर दिख रहीं थीं।

समर्थ को पता था यह रीले-रेस क्यों चल रही थी। क्यों वो लोग उसे एक पल भी अकेला नहीं छोड़ रहे थे। "माँ, आपको जाना है तो जाईए, कोई ज़रूरी नहीं है कि मेरे साथ हर वक़्त कोई रहे। मैं खुदखुशी टाइप कुछ नहीं करने वाला। मैं आप लोगों को छोड़ के कहीं नहीं जाने वाला। वैसे भी उठ नहीं सकता इतने प्लास्टर और पट्टी के साथ।"

माँ की आँखों में फिर आँसू आ गए।

"अरे, मैं तो मज़ाक़ कर रहा था।"

सिर हिलाते हुए बोली, "ये छह-सात दिन बहुत ही भारी रहे हैं, अब तो यह आँसू खुशी के हैं। समर्थ, तुम बिलकुल फ़िक्र मत करना। कोची में एक हॉस्पिटल है जो असली पैर भी जोड़ सकते हैं। एक लड़की का हाथ जोड़ा था, सक्सेसफुल हुआ था, मैंने पेपर में पढ़ा था। सब ठीक हो जाएगा।"

उसने एक लम्बी साँस ली, उम्मीद दिलाना तो कोई माँ से सीखे। लंच के बाद दर्द की दवाईयों ने अपना असर दिखाना शुरू

कर दिया था, उसकी पलकें बंद होने लगी थीं। वो सोएगा तो माँ को भी रेस्ट मिलेगा।

"समर्थ, कुछ लोग तुमसे मिलना चाहते थे, मिलना चाहोगे?" माँ ने शाम को जाते हुए पूछा।

"कुछ लोग?"

"तुम्हारे दोस्त, और ऑफ़िस वाले।"

"हाँ, ठीक है।" सब आएँगे तो है ही। अच्छा होगा अगर हॉस्पिटल में ही मिल लें, नहीं तो बाद में घर पर चैन नहीं रहेगा।

थोड़ी ही देर में किसी ने नॉक किया, और दरवाज़ा धीरे से खुला। समर्थ को लगा जैसे वो फिर सपना देख रहा हो। उसने पलकें झपकाईं। नंदिनी सच में उसके सामने थी। "तुम यहाँ क्या कर रही हो?" वो नहीं चाहता था उससे मिलना। माँ उसे इस तरीक़े से ट्रिक करेंगी उसने कभी सोचा भी नहीं था।

"चाय पियोगे?" उसने अंदर आते हुए पूछा, "आंटी ने कहा था चाय और इडली लेकर आने को तो मैं ले आयी।" उसने चाय का थर्मस साथ वाली टेबल पर रखा, और कप निकालने लगी।

"माँ ने कहा था? तुम यहाँ खाना कैसे लाई?" उसकी झल्लाहट बढ़ती जा रही थी।

"ओह, आंटी ने बताया नहीं? मैं तुम्हारे घर पर ही रह रहीं हूँ। अंकल ने कहा घर की लड़की होटेल में रहे अच्छा नहीं लगता। भईया भी आया था, लेकिन उसके पास ज़्यादा छुट्टियाँ नहीं थी तो रुक नहीं पाया।"

"तो तुम यहाँ क्यों रुकी हो? देख लिया मेरा हाल। हो गयी फ़ॉर्मैलिटी। अब जाओ यहाँ से।"

उसके हाथ थर्मस खोलते-खोलते रुक गए। "मेरी गर्मियों की छुट्टियाँ थीं, तो मैं रुक गयी," उसने धीरे से कहा।

"क्यों रुक गई? मुझ पे तरस आ गया क्या?"

नंदिनी की आँखें भर आयीं।

"या अब मैं तुम्हारे लायक हो गया? एक पैर कटवा के?" उसने आँखें बंद कर लीं, "जाओ यहाँ से, इससे पहले कि मेरे मुँह से कुछ अनाप-शनाप निकल जाए।"

"ऐसे मत बोलो, मैंने रोका इसे," संजना ने अचानक कमरे में एंट्री मारी। "इसने मुंबई घूमा नहीं था तो मैंने सोचा अब आयी है तो घूम कर ही जाए।"

समर्थ ने किसी बात का जवाब नहीं दिया। कोई फ़ायदा नहीं था। सबसे इरिटेशन हो रही थी। इतने सारे शॉक एक साथ लगने से उसका दिमाग चक्कर खाने लगा था। कहीं भी शांति नहीं मिल रही थी। क्यों सब लोग उसके ऊपर एक झूठा सच थोप रहे थे, जैसे कि सब ठीक था। कुछ भी ठीक नहीं था। सब ख़त्म हो गया था, किसी को उसका अधूरापन समझ ही नहीं आ रहा था।

जब तक नंदिनी कमरे में रही उसने आँखें खोली ही नहीं, ना ही कुछ खाया, हालाँकि उसे हर पल पता था कि वो कमरे के किस तरफ़ थी। वो फिर हॉस्पिटल नहीं आयी। किसी ने फिर उसका नाम नहीं लिया, और ना ही समर्थ ने पूछा।

तीन दिन बाद उसको डिस्चार्ज मिल गया। जब घर पहुँचा तब पता लगा वो अगले दिन ही अपने घर चली गयी थी।

~ ११ ~

तीन महीने बाद

उस संडे फिजीयोथेरपी का आख़िरी दिन था। समर्थ को आर्टिफ़िशयल पैर की आदत पड़ने लगी थी। वो काफ़ी हद तक आराम से चलने लगा था, हालाँकि थोड़ा सा लिम्प पता लगता था। प्रास्थेटिक लगाकर उसने टाइम देखा तो ग्यारह बजने ही वाले थे।

हर संडे सब, नैना के पेरेंट्स भी, ब्रंच साथ में करते थे। दोनो परिवारों के घर एक जैसे ही बने थे, और लिविंग रूम की दीवार कॉमन थी, जिसमें एक बड़ा सा दो पल्लों का दरवाज़ा था। आगे और पीछे के गार्डन भी मिले हुए थे। बीच का दरवाज़ा अगर खोल दिया जाए तो अंदर से एक ही घर लगता था।

अपना सेशन ख़त्म करके वो नीचे ब्रंच के लिए पहुँचा ही था कि पापा ने, उसकी ज़िंदगी में तूफ़ान गुज़र जाने के बाद जो शांति आई थी, उसे भंग करने की न्यूज़ सुना दी।

"संध्या की शादी तय हो गयी है।"

"अरे, यह तो बहुत ही अच्छी बात है, कहाँ पर?" माँ ने पूछा।

"लड़का US में काम करता है, लेकिन फ़ैमिली यहाँ पर है। लड़के वाले चाहते हैं सगाई यहाँ मुंबई में हो।"

समर्थ ने आँखें बंद कर ली, अब घर में कम से कम एक हफ़्ते तक हंगामा रहेगा। उसके ऐक्सिडेंट के चक्कर में रिश्तेदारों का ताँता सा लगा हुआ था, सबको आके एक-एक हफ़्ते रहना भी

था। पिछले एक-डेढ़ महीने से कोई नहीं था। बहुत मुश्किल से रूटीन बना था, अब फिर से चौपट हो जाएगा। "फिर तो सब यहीं आकर रहंगे?"

"और क्या यह भी कोई पूछने की बात है?" माँ का जवाब आया।

पता नहीं कहाँ से उन्हें इतनी एनर्जी मिलती है, सबका सत्कार करने में? "सब कैसे रहेंगे यहाँ?" उसको कोई जुगाड़ करना पड़ेगा मुंबई से बाहर जाने का।

"बच्चे हमारे यहाँ सेट हो सकते हैं," नैना की मॉम बोली।

"हाँ, यह ही अच्छा रहेगा।" माँ और आंटी शुरू हो गयीं प्लान बनाने में।

"समर्थ," थोड़ी देर बाद माँ बोली, "किसी प्रोजेक्ट के काम से मुंबई से बाहर मत जाना, दो दिन की ही बात है।"

उसका चेहरा देखकर नैना खिलखिलाकर हंस पड़ी। सिद्धार्थ भी मुस्कुरा दिया। समर्थ ने मन ही मन भगवान को कोसा माँ को इतना इंटेलिजेंट बनाने के लिए। कैसे पता चल जाता था उनको सब कुछ?

थोड़े दिन बाद पता लगा कि सगाई घर में ही होगी—नीचे के हाल और सामने गार्डन को मिलाकर।

दिल्ली से संजना भी आ रही थी। उन तीनो को नैना के घर में ऊपर के तीन बेडरूमस में शिफ़्ट करने को कह दिया गया। समर्थ ने सबसे छोटा रूम ले लिया, वो नहीं चाहता था कि उसके साथ कोई रहे। संजना जिस रूम में थी उसमें और बेड्स डाल दिए गए, क्योंकि रागिनी और संध्या भी उसके साथ ही रहेंगे। अच्छा था कि चाचा, बुआ दूसरे घर में थे। सारा हंगामा वहीं रहेगा, यहाँ लड़कियाँ सिर्फ़ सोने, और तैयार होने ही आएँगी।

और दिन गुज़रे तो पता चला कि इस इवेंट को भी सबने डेस्टिनेशन वेडिंग टाइप बना दिया था। सुबह इंडियन स्टाइल से गोद-भराई होगी, और शाम को वेस्टर्न-स्टाइल में रिंग एक्स्चेंज, केक काटकर। अच्छा था कि मंडे था, सुबह वो ऑफ़िस भागने की सोच रहा था, सिर्फ़ शाम को सबको झेलना होगा।

सैटर्डे शाम होते-होते सब आना शुरू हो गए। रागिनी की आवाज़ सीढ़ियों पर सुनाई पड़ी, तो उसने झाँक के देखा, नीचे नैना और वो ही दिख रहे थे। उसको देखते ही समर्थ को उसकी शादी के दिन याद आ गए, और फिर नंदिनी। आठ महीने में कितना कुछ बदल गया था। वनस्थली में जब वो गया था तो उसे लगता था सारी दुनिया उसकी मुट्ठी में है, लेकिन अब...

अपना पैर खोने का दर्द तो उसने सह लिया और क़िस्मत से समझौता भी कर लिया, लेकिन दुनिया ने उसे अपाहिज के पाले में डाल ही दिया था। सुजाता ने सॉरी भी कहा और सिम्पथी भी जताई, लेकिन अब वो उसके कमरे में बिना किसी मतलब के नहीं आती थी, और पापा के फ्रेंड जो अपनी लड़की के लिए उनके घर के चक्कर लगा रहे थे, अब उनके घर का रास्ता ही भूल गए थे।

"अरे समर्थ, कैसे हो? सब ठीक है ना? और तुम्हारा पैर, चलने में तकलीफ़ तो होती ही होगी," सीढ़ियों पर रागिनी ने कहा। वो हमेशा से ही कुछ ज़्यादा ही बोलती थी, और जो नहीं भी बोलना होता था, वो भी बोल देती थी। बड़े कहते थे बोलती पहले थी और सोचती बाद में। सबको पता था तो कोई बुरा भी नहीं मानता था।

"नहीं अब आदत पड़ गई है। संजय नहीं आए?" समर्थ ने फ़ॉर्मेलिटी में उसके हसबेंड के बारे में पूछ लिया।

"काम है, छुट्टी नहीं मिली। इस साल कुछ ज़्यादा ही ले लीं। शादी, हनीमून वगेरह के चक्कर में।" वो हंस पड़ी। "अभी लेंगे तो संध्या की शादी में नहीं मिलेगी, इसीलिए–"

समर्थ का ध्यान सीढ़ी से आती हुई आवाज़ों पर फिर चला गया, जहाँ उसे संध्या, संजना और नैना के साथ कोई और भी पहचाना सा दिख गया, सफ़ेद लिबास में!

उसकी नज़रों को फ़ॉलो करते हुए रागिनी का ट्रैक बदल गया। "महारानी जी भी आ गयीं हैं। हमने तो सिर्फ़ मौसी को बुलाया था, पर यह नंदिनी हर जगह लटक लेती है। जबकि इसको तो सबसे दूर ही रहना चाहिए।"

"क्यों? क्यों दूर रहना चाहिए?" समर्थ की आवाज़ शायद तेज़ हो गई थी, क्योंकि नीचे से सबने एक साथ ऊपर देखा। नंदिनी से

उसकी नज़र मिली तो उसकी हालात वैसी ही होने लगी जैसी आठ महीने पहले हुई थी।

"तुम्हारे साथ भी कुछ पंगा किया था ना इसने?" रागिनी को सच में कुछ समझ नहीं आता था।

समर्थ ने घूमकर रागिनी को देखा तो वो एक क़दम पीछे हो गई। "बकवास करनी भी नहीं चाहिए और फैलानी भी नहीं चाहिए।"

"क्या? मैंने क्या कहा?"

"अरे रागिनी, यह तुम्हारा सूट्केस है ना?" संजना ने ऊपर आकर सिचुएशन को संभालने की कोशिश की, और उसको खींचकर अपने रूम में ले गई। "हम लोग यहाँ साथ में रहेंगे, जैसे गरमियों की छुट्टियों में रहते थे, कितना मजा आएगा ना!"

"यह समर्थ को क्या हो गया है? इतना रूड तो कभी नहीं था, ऐक्सिडेंट ने काफ़ी असर छोड़ा है शायद," रागिनी जाते-जाते बोलते ही जा रही थी।

समर्थ नंदिनी को ऊपर आते देखता रहा। फिर जैसे ही उसने आख़िरी सीढ़ी पर क़दम रखा, तो वो घूमकर अपने कमरे में चला गया और दरवाज़ा बंद कर लिया।

जब डिनर के लिए दो बार नैना का फ़ोन आया तभी वो नीचे गया, देर से, यह सोचकर कि सब खा चुके होंगे, लेकिन नहीं लगभग सारे ही लोग थे। या तो खा रहे, या फिर खाना शुरू कर रहे थे। ना चाहते हुए भी जिसको उसकी नज़र ढूँढ रही थी वो नहीं दिखी।

❧

नंदिनी के फ़ोन पर नोटिफ़िकेशन फ़्लैश हुआ तो देखा नैना उसे डिनर के लिए बुला रही थी। पता नहीं समर्थ ने खाया कि नहीं। जब से वो आई थी रूम बंद करके बैठा था। उनके घर के किसी हेल्पर को चाय और पानी ले जाते तो देखा था, लेकिन वो बाहर नहीं निकला।

अजीब सा माहौल होगा यह तो उसने सोचा था, लेकिन कुछ पाने के लिए कुछ तो सहना पड़ेगा ही। मौसी ने सिर्फ़ मम्मी को

सगाई के बारे में बताया था, आने के लिए एक बार भी कहा नहीं। मम्मी तो भूनी हुई बैठीं थीं, लेकिन वो ही ज़िद करके आ गईं। पता नहीं सही किया कि नहीं।

वैसे ज़्यादा भूख नहीं थी, लेकिन नहीं जाना अच्छा नहीं लगेगा, इसीलिए फ़ोन उठाकर नीचे चल दी।

डाइनिंग रूम में खाना लगा था, सब ही लोग डाइनिंग या लिविंग रूम में बैठे थे, पर उसकी आँखें सीधे समर्थ पर ही गयीं। पता नहीं कैसे उसके दिमाग का एंटीना हमेशा उसी की तरफ़ घूमा रहता था। सोचकर ही उसे हँसी आ गई।

"क्या हुआ, नंदिनी बड़ी हँसी आ रही है," चाची ने कहा।

"नहीं, कुछ नहीं।" उसने सबकी तरफ़ पीठ करते हुए एक प्लेट उठा ली।

"बता दो, अब जब यहाँ आ ही गई हो, तो हमसे भी बात कर लो," रागिनी ने समर्थ की तरफ़ देखते हुए कहा। शाम से ही भुनी बैठी थी शायद।

"नंदिनी, बेढ़मी पूरी ट्राई करो।" नैना सबको खाना खिला रही थी। "रागिनी, और क्या दूँ तुमको? चाचीजी, क्या लेंगीं?"

"भाभी, बात बचाने की ज़रूरत नहीं है, नंदिनी के पास हर बात का जवाब होता है।" रागिनी बिलकुल पीछे ही पड़ गयी थी।

"तुम्हारे मुँह पर चटनी लगी है," नंदिनी ने उसे छेड़ा, हालाँकि ऐसा कुछ भी नहीं था।

"क्या?" रागिनी प्लेट रखकर वॉशरूम की तरफ़ भागी।

नंदिनी जल्दी से अपना खाना लेकर पीछे पूल की तरफ़ चल पड़ी। बाहर यश सुमन ताई के साथ खेल रहा था। पूल के पास जब नंदिनी एक चेयर पर बैठ गई, तो वो दौड़ के उसके पास आ गया और मुँह खोल दिया। नंदिनी के पूरी का एक टुकड़ा तोड़कर उसके मुँह में डाल दिया। तीन महीने पहले जब वो आई थी तो काफ़ी हिल-मिल गया था उससे।

"अरे, यह तो खाना खा चुका है," सुमन ताई ने कहा।

"कोई बात नहीं।" नंदिनी के साथ उसने आधी पूरी और खा ली, फिर अंदर भाग गया।

जब नंदिनी को लगा सबका ध्यान उसके ऊपर से हट गया है, तो उसने अंदर लिविंग रूम में झाँका। बड़ी-बड़ी फ्रेंच विंडोज़ से अंदर का नजारा साफ़ दिख रहा था। समर्थ अपने ताऊजी से बात कर रहा था। बात क्या, सिर्फ़ हाँ, हूँ में सिर हिला रहा था। चेहरे की चमक की जगह हताशा दिख रही थी, बहुत दुबला भी हो गया था। दर्द की एक लकीर उसके माथे पर गुद सी गयी थी। ऐसा लग रहा था कि रागिनी की शादी में जिससे मिली थी उसका साया ही रह गया हो। वो चहकता, मुस्कुराता शख़्स कहीं ग़ायब हो गया था।

अचानक वो उठा, तो नंदिनी चौंककर वापस पूल की तरफ़ मुड़ गई, लेकिन वो ना ही उसके पास आया, और ना ही उससे बात करने की कोशिश की।

थोड़ी देर बाद मौसी आ गयीं, लग रहा था उसे फिर से कोई लेक्चर मिलने वाला था।

"नंदिनी कल शाम को मेहंदी लगाने वाला आएगा, तुम मेहंदी मत लगवाना। घर जाते-जाते छूटेगी नहीं फिर तुम्हारे दादाजी डाटेंगे। और हाँ, मंडे को सुबह जब गोद-भराई होगी तब नीचे मत आना, शाम को रिंग सेरेमनी होगी तब तो ठीक है। समझ गई ना?"

नंदिनी ने मुस्कुराकर सिर हिला दिया।

नंदिनी ने मुस्कुराकर सिर तो हिला दिया, लेकिन ऊपर बाल्कनी में समर्थ की मुट्ठीयां बँध गयी।

नीचे से आकर वो अपने रूम की बाल्कनी में खड़ा था जो पूल के ठीक ऊपर थी। शांत मौसम में आवाज़ें ऊपर तक अच्छे से सुनाई देती थीं। उसने कभी सोचा नहीं था कि चाचीजी इतनी बेरहम हो सकती थीं। जब वो सब मिलते थे, उन्होंने ऐसा बर्ताव कभी किसी के साथ नहीं किया। पर आज उन्होंने रागिनी को भी नहीं टोका, जबकि साफ़ लग रहा था कि वो जानकर पंगा ले रही थी, शायद इसलिए कि समर्थ ने शाम को नंदिनी की तरफ़ से बोल दिया था।

नंदिनी ने रागिनी से अच्छा मज़ाक़ करके पीछा छुड़ाया। समर्थ बड़ी मुश्किल से ख़ुद को रोक पाया था, लेकिन अच्छा ही हुआ, लगा नहीं कि नंदिनी को किसी की सपोर्ट की ज़रूरत थी।

समर्थ का बहुत मन कर रहा था उससे बात करे, लेकिन क्या बात करेगा? उनके बीच बहुत सारी चाही, अनचाही बातें हो चुकीं थीं। कहने को क्या बचा था? ऐसे मोड़ पर कोई क्या बात कर सकता था। कैसी हो? ठीक हो? इसके अलावा और क्या रह गया था।

थोड़ी देर वहाँ खड़े रहने के बाद उसके पैर की नसें टीसने लगीं थीं। सिर तो शाम से ही दर्द कर रहा था, जबसे सबको सीढ़ियों पर देखा था। दो दिन और झेलना पड़ेगा, सोचते हुए वो बिस्तर की ओर चल पड़ा।

~ १२ ~

संडे को कमरा बंद करके सारा दिन ऑफ़िस का ही काम करता रहा। नैना को पटाकर खाना भी कमरे में ही मंगा लिया। वैसे भी आज उसका कोई काम नहीं था। सब लोग लास्ट मिनट, लड़के वालों के लिए, शॉपिंग कर रहे थे, या कल आने वाले मेहमानों की तैयारी।

शाम को पूल से आने वाली आवाज़ों से लग रह था कि मेहंदी वाला आ गया था। बाल्कनी से निकलकर देखा तो एक तरफ़ महफ़िल जम गई थी। संध्या और रागिनी रंग-बिरंगे काउच पर बैठकर मेहँदी लगवा रही थीं। चाय का राउंड चल रहा था। साइड की हेजेस पर दिवाली वाली लाइट्स भी सज़ा दी गई थीं, और म्यूज़िक का अरेंज्मेंट भी था। लग रहा था थोड़ी देर में सब डान्स भी करने लग जाएँगे।

थोड़ी देर में उसका फ़ोन बज उठा। माँ बुला रहीं थीं। कपड़े बदलकर वो भी नीचे पहुँच गया। थोड़ा सा मेहमानों को अटेन्शन देना ही था, नहीं तो चाचाजी और फूफाजी नाराज़ हो जाते। उसने यश का ध्यान रखने का काम ले लिया, क्योंकि नैना को भी मेहंदी लगवानी थी। यश का ध्यान रखना सबसे अच्छा बहाना था। किसी के पास बहुत देर तक बैठकर बात करने की ज़रूरत ही नहीं पड़ती थी। नंदिनी किचन में नैना, माँ और सपना आंटी के साथ ही लगी रही, बाहर आयी ही नहीं। कल तो कटेरेर्स बुक्ड थे, आज सब कुछ घर में ही बनाया जा रहा था।

एक-दो घंटे बाद डिनर भी पूल के साइड पर ही लग गया। यश को उसने खाना खिला दिया, फिर भाई उसे सुलाने ले गया। समर्थ की आँखें फिर नंदिनी को खोजने लगी, पर वो नीचे नहीं थी।

ऊपर गया तो लड़कियों का रूम खुला था। कमरे में कोई नहीं था, और आगे नज़र घुमाई तो अंधेरी बाल्कनी में वो खड़ी थी–अकेली, तन्हा। समर्थ अभी भी उसे अपनी बाहों में लेकर उसके सारे ग़म दूर कर देना चाहता था, लेकिन अब उसे अपनी कमज़ोरी पीछे खींच रही थी।

ना चाहते हुए भी वो उसकी ओर चल पड़ा। अब तो उसे चौंका भी नहीं सकता था। उसके क़दमों की आहट सबको सुनाई पड़ ही जाती थी। नंदिनी ने मुड़कर उसकी ओर देखा, फिर नीचे पूल की तरफ़ देखने लगी, जहाँ सब अब डान्स कर रहे थे।

"खाना खा लिया?" समर्थ ने पूछा, और साथ खड़ा होकर नीचे देखने लगा।

"हाँ।"

"तुम बाहर क्यों नहीं आयी?" उसका गुस्सा फिर से बढ़ने लगा। वो कुछ नहीं बोली।

"वही मनहूसियत वाली बकवास की वजह से?" समर्थ से रहा नहीं गया। "तुम इन लोगों के साथ रहती ही क्यों हो? आना ही नहीं चाहिए था। लात मारों ऐसे रिश्तेदारों को!"

"गुस्सा बहुत आने लगा है। बहुत दर्द रहता है क्या?"

"मेरी बात का जवाब दो, नंदिनी। क्यों इनको इतना भाव देना? क्यों आयीं इनकी ख़ुशियों में शामिल होने?"

"मैं इन लोगों के लिए थोड़े ही आयीं हूँ।" उसने धीरे से कहा फिर नज़रें उसकी ओर उठा लीं।

समर्थ उसे देखता ही रह गया। दोनों के बीच वो पल ठहर सा गया।

"देखना चाहती थी कि क्या कोई मुझसे अभी तक नाराज़ है? क्या मुझे पूरी तरह भुला दिया गया है?" ऐसा लग रहा था कि जैसे दोनो का दर्द एक सा हो गया था। "फिर आने का बहाना भी चाहिए था, तो इसी को बना लिया। समर्थ, मैं–"

"नंदिनी!" नैना नीचे से चिल्लाई। "माँ बुला रही हैं।"

उसकी तरफ़ एक और गहरी नज़र डालते हुए, नंदिनी तो नीचे चली गयी, लेकिन समर्थ को सोच में डाल गई। क्या चाहती है वो? वो दो बार उसके पास आ चुकी थी–पहले हॉस्पिटल में, अब यहाँ। क्या बदल गया पिछले महीनों में? क्या उसकी 'काली नज़र' वाली बात ख़त्म हो गई?

"क्या सोच रहे हो?" अब संजना टेरेस पर थी।

"तुम यहाँ कैसे, मेहंदी नहीं लगा रही?"

"नंदिनी नहीं लगा सकती तो मैं भी नहीं लगवाऊँगी, और तुम्हें तो पता ही है मुझे इन सब चीज़ों में कोई खास दिलचस्पी नहीं है। नंदिनी का लटका मुँह देखा अभी, फिर कुछ सुना दिया क्या तुमने?"

समर्थ हल्के से मुस्कुरा दिया। सच में आज कल वो काफ़ी लोगों को सुनाता रहता था–कभी बेमतलब का भी। लेकिन इस बार नंदिनी को तो कुछ भी नहीं कहा था। "यह लड़की मुझे बहुत कन्फ़्यूज़ कर रही है। तुम बड़ी दोस्त हो गयी हो इसकी, तुम्हीं समझा दो कि यह क्या चाहती है?"

"तुम्हें क्या लगता है?"

"जब मैंने इसे प्रपोज़ किया तो इसने मना कर दिया, क्योंकि वो सोचती थी कि अगर हमने शादी कर ली तो मुझे कुछ हो जाएगा। तुम बिलीव नहीं करोगी कि इसने मेरे सामने क्या प्रपोज़ल रखा था वनस्थली बुला कर।"

"मुझे पता है।"

"तुम्हें पता है?"

"हाँ, जब तुम हॉस्पिटल में थे तो दो दिन हमारे पास रही थी ना। मैंने सब निकलवा लिया था।"

"तो अब क्या चाहती है? अब क्या बदल गया? अब तो मेरे अगेन्स्ट एक और ब्लैक-मार्क हो गया है।" उसने अपने पैर की तरफ़ इशारा किया।

"माँ ने उसे विश्वास दिला दिया है कि वो तुम्हारे लिए लकी है।" संजना ने उसके पैर की बात को इग्नोर ही कर दिया।

"क्या!" समर्थ हैरान होकर संजना की तरफ़ देखा। "यह माँ को सारी बातें कैसे पता लग जाती हैं? और कैसे वो–"

"इसमें थोड़ा कमाल मेरा भी है।"

"तो माँ ने क्या कहा था उससे?"

"क्या करोगे जानकर? अब तो तुम दोबारा उसे प्रपोज़ करने वाले नहीं।"

समर्थ कुछ नहीं बोला।

"चलो एक आख़िरी बात बोल ही देती हूँ। सोचा था बोलने की ज़रूरत नहीं पड़ेगी, लेकिन तुम्हारी चुप्पी देखकर लग रहा है बोलना ही पड़ेगा। वो तुमसे शादी करने को तैयार नहीं थी, क्योंकि उसे लगता था तुम्हें कुछ हो जाएगा। वो उस वक़्त तुम्हारे बारे में भी सोच रही थी। पर तुम उससे क्यों क़तरा रहे हो? इसीलिए कि तुम्हारा एक पैर नहीं है? तुम्हारे पैर ना होने से उसका क्या नुक़सान होगा? कौन सा तुम्हें घोड़े पर बैठकर उसे किसी राक्षस से बचाना है!" संजना थोड़ी देर चुप रही फिर बोली, "ख़ैर, तुम जो भी फ़ैसला लोगे उससे उस पर क्या असर पड़ेगा यह सोचना ज़रूर। यह सिर्फ़ तुम्हारे बारे में नहीं है।" वो उसका हाथ थपथपाकर चली गई।

उस रात वो सो नहीं पाया। संजना के शब्द रह-रह कर उसे याद आ रहे थे। 'तुम जो भी फ़ैसला लोगे, उससे उस पर क्या असर पड़ेगा?'

अगर वो नंदिनी को अपनी ज़िंदगी से अलग कर देगा, तो क्या वो खुश रहेगी? या उसे ज़िंदगी में कोई और मिलेगा जो उसे इस काले दाग़ से छुटकारा दिला दे? उसके लायक वनस्थली के गर्ल्ज़ कॉलेज में कोई अच्छा मैच मिलना नामुमकिन सी बात थी। कहीं आगे जाकर उसके दादाजी ही उसे किसी विडोअर के साथ ना बाँध दें!

जैसा उसके परिवार का माहौल है, कुछ भी हो सकता है। उसकी शादी किसी बुड्ढे, या दो बच्चों के बाप के साथ! वो उठ के बैठ गया। उसके दिलोदिमाग में उथल-पुथल मच गई। नींद तो अब कोसों दूर चली गयी थी।

वो अपना लैप्टॉप लेकर ऑफ़िस का काम करने बैठ गया–और कोई चारा ही नहीं था।

"बुआ कह रहीं थीं कि तुम्हें बाल बाँध के रखने चाहिए।"

नाश्ते के बाद समर्थ अपने रूम में जा रहा था, जब रागिनी की आवाज़ उस के कानों में पड़ी, और उसकी बात और टोन सुनते ही उसको समझ में आ गया, कि वो किसको हिदायत दे रही थी। समर्थ का दिमाग गर्म होने लगा।

"मैं नहीं कह रही, बुआ कह रहीं थीं। मुझे तो कोई फ़र्क़ नहीं पड़ता। मैं थोड़े ना ऐसा सोचती हूँ, पर बड़े कह रहें हें तो कुछ ना कुछ तो होता ही होगा!" रागिनी का राग चलता ही रहा, और समर्थ का गुस्सा भी बढ़ता रहा। "और अगर मान भी लोगी तो कौन सी बड़ी बात हो जाएगी, वैसे भी यहाँ तुम्हें कौन देख रहा है।"

समर्थ अपना दरवाज़ा खोलते-खोलते रूक गया, पलटकर दो सेकंड में वो लड़कियों के रूम में पहुँच गया। रागिनी शीशे के सामने अपने बालों को निहार रही थी, संध्या खिड़की पर बैठकर अपने नेल्स पर कुछ लगा रही थी, संजना प्रेस कर रही थी और नंदिनी काउच पर बैठकर कुछ पढ़ रही थी। उसको देखते ही सब रूक गए, चार जोड़ी नज़रें उसकी तरफ़ घूम गईं। उसने रागिनी को देखा और फिर नंदिनी को, तो नंदिनी ने अपनी आँखें वापस फ़ोन पर गड़ा लीं।

"कुछ चाहिए, समर्थ?" संजना ने कमरे की अजीब सी चुप्पी को तोड़ा।

अपना प्लैटिनम बैंड उतारते-उतारते वो नंदिनी के पास पहुँचा, और उसका हाथ उठाकर बैंड उसकी रिंग फ़िंगर में पहना दिया। "जाओ, जो करना हो करो। कोई बोले तो यह दिखा देना कि जल्दी ही तुम्हारी शादी होने वाली है। फिर भी अगर कोई कुछ भी बोले तो मेरे पास भेज देना। किसी की कोई वाहियात बात सुनने की ज़रूरत नहीं है।"

रागिनी की तरफ़ घूरकर, सारी लड़कियों को हैरत में डालकर, वो अपने कमरे में चला गया। नंदिनी तो भौचक्की सी स्टैचू बनी वहीं बैठी रही।

सबसे पहले जिसे होश आया वो थी संजना। प्रेस का स्विच ऑफ़ करके उसने नंदिनी को ज़ोर से अपनी बाहों में लेकर गाल को किस कर लिया, और फुसफुसाई, "जाओ उसके पास और अपने मन की सारी बातें बोल दो। रूम में ही गया है।"

नंदिनी की नज़रें तो उसकी रिंग से हट ही नहीं रहीं थीं। बिना किसी को देखे वो कमरे से बाहर भाग गई।

"ये क्या हुआ?" रागिनी का मुँह अभी भी खुला ही था, जबकि संध्या मुस्कुरा रही थी।

"जो बहुत पहले हो जाना चाहिए था।" संजना इतनी खुश थी कि जो दुपट्टा प्रेस कर चुकी थी उसी को प्रेस करने लगी।

"तो मतलब मेरी शादी में जो हंगामा हुआ था वो सही था?"

"जो भी समझो। तुम लोगों ने नंदिनी को बहुत ही परेशान करके रखा है, जो हुआ अच्छा ही हुआ। कहाँ जा रही हो?"

"माँ को बताने।"

संजना ने दौड़ के रूम का दरवाज़ा बंद कर दिया, और रागिनी का फ़ोन लपककर वहीं चेअर डाल कर बैठ गयी। "बिलकुल नहीं, जब तक वो दोनो नहीं बताते कोई किसी से कुछ नहीं कहेगा।"

नंदिनी ने समर्थ के रूम का दरवाज़ा हल्के से खोला तो देखा वो खिड़की के सामने जेब में हाथ डाले खड़ा था, दाएँ पैर पर झुका हुआ–अकेला, थका हुआ सा लग रहा था। नंदिनी से रहा नहीं गया, वो पीछे से जाकर कमर में हाथ डालकर उससे लिपट गयी, ना चाहते हुए भी आँखों में आँसू आ गए।

समर्थ ने अपने सीने पर उसके हाथों को पकड़ लिया, और उसकी ऊँगली पर अपने बैंड को सहलाते हुए कहा, "ये तुम्हारे लिए बहुत बड़ा है। एक दूसरी अच्छी सी ख़रीदनी पड़ेगी।" फिर उसका हाथ पकड़कर आगे खींच लिया। "तुम रो रही हो?"

नंदिनी ने सिसकी ली और 'नहीं' में सिर हिला दिया।

समर्थ ने उसे कस कर बाहों में ले लिया, और अपनी चिन उसके सिर के ऊपर टिका कर बोला, "अब रोने की कोई बात ही नहीं है। तुम लोगों की फ़िक्र मत करो, मैं अभी जाकर माँ को बता दूँगा, वो सबको हैंडल कर लेंगी। ठीक है?"

"ओह, समर्थ..." वो मुश्किल से गले के अंदर टपकते आँसू को निगल गई। "मुझे भी अब दुनिया से कोई फ़र्क़ नहीं पड़ता। तुमने देखा नहीं रागिनी की बातों से कुछ नहीं हुआ। पहले तो मैं इधर-उधर भाग या छुप जाती थी। तुमने मुझे स्ट्रॉग बना दिया है।" उसने उसका बैंड अपनी ऊँगली से निकालकर उसे वापस पहना दिया। "मेरे हाथ से खो जाएगी।"

समर्थ ने उसके चेहरे को अपने हाथ में लेकर, उसे चूम लिया। "बाक़ी बाद में, माँ को जल्दी बताना पड़ेगा, नहीं तो वो रागिनी चुग़ली कर देगी।"

"एक मिनट।" नंदिनी ने पैर पर उचककर उसे एक टाइट सी झप्पी दी, कुछ सेकंड उससे लिपटकर खड़ी रही, फिर कहा, "अब चलते हैं।"

वो हंस दिया, और हाथ पकड़कर दोनो माँ के कमरे में पहुँच गए। सब गोद-भराई रस्म की तैयारी में लगे थे तो कोई रास्ते में मिला नहीं। माँ अलमारी में घुसी कुछ ढूँढ रहीं थीं।

"माँ, हम दोनो ने शादी करने का फ़ैसला कर लिया है।"

माँ के हाथों में जो साड़ी थी वो छूटकर नीचे गिर गयी। उन्होंने मुड़कर उन दोनो को देखा फिर नंदिनी की तरफ़ दोनो हाथ बढ़ा दिए। उसने उनके पैर छुए फिर गले से लगकर रोने लगी। "अरे, ये क्या? आज आसूँओं का क्या काम? भगवान का शुक्र है इसको अकल आ गई।" माँ ने उसे चुप कराया, फिर अपनी अलमारी से एक चेन निकाल कर उसे पहना दी। "यह मेरे बुद्धू को अकेला ना छोड़ने के लिए।"

समर्थ मुस्कुरा दिया। "मैं सोच रहा हूँ लंच बाहर करने का, शाम तक आ जाएँगे वैसे भी इसे तो मना है अभी के फ़ंक्शन में आना।"

"हाँ, हाँ, जाओ। मैं संभाल लूँगी," माँ ने नंदिनी की बाँह थपथपाते हुए कहा। "मिहिर को भी बता देना, तो वो दादाजी को समझा देगा, नहीं तो किसी और से पता लगेगा तो अच्छा नहीं होगा।"

समर्थ ने गाड़ी स्टार्ट करते-करते कहा, "अगर तुम्हें कोई ड्रेस लेनी है, तो नैना के शोरूम से ले लेंगे, लेकिन पहले अँगूठी।"

"जरूरी है क्या?"

"हाँ! मैं चाची और रागिनी जैसे लोगों के मुँह से और अनाप-शनाप नहीं सुन सकता।"

"अभी तो और सुनाएँगी, कि मैंने तुम्हें अपने जाल में फँसा लिया।"

समर्थ को नैना की याद आ गई और वो हँसने लगा। "नैना को तो बुआ अभी भी सुनाती हैं।"

"लो देखो! इतने साल बाद भी?"

"अब शायद सारा ध्यान तुम पे जाए। तुम नई मुर्ग़ी फंसी हो। नैना से टिप्स ले लेना उन्हें झेलने के लिए।" मॉल में गाड़ी पार्क करके वो उसकी तरफ़ मुड़ा, "पर मैं तुम्हें कुछ देना चाहता हूँ, किसी और रंग में देखना चाहता हूँ।"

"तुम्हें जो अच्छा लगे वही करेंगे," नंदिनी ने धीरे से कहा।

सामने दीवार थी और दोनो ओर पार्किंग पिलर्स। ऐसा लग रहा था जैसे अकेले ही थे। समर्थ ने उसकी चिन उठाकर उसे किस कर दिया, फिर उससे रहा नहीं गया तो उसे अपनी बाहों में ले ही लिया। नंदिनी एक सेकेंड के लिए हैरान रह गई, फिर उसने भी अपने हाथ उसके गले में डाल दिए। क़रीब छः महीने बाद मिल रहे थे, लग रहा था समर्थ सारे महीनो की कसर एक ही बार में निकालना चाह रहा था।

थोड़ी देर में दोनो सीट के बीच का प्लास्टिक कप-होल्डर उसे चुभने लगा। "समर्थ!" नंदिनी ने उसको पीछे धकलने की कोशिश की, लेकिन कर नहीं पाई।

दूसरी लाइन में किसी गाड़ी का हॉर्न बजा तो नंदिनी ने चौंक कर मुँह घुमा लिया, समर्थ के होंठ अब उसके गले पर

थे और हाथ... हाथ तो लग रहा था हर जगह थे। "समर्थ, कोई देख लेगा।"

"देखने दो," उसने कहा, लेकिन सिर उठा ही लिया। "माँ से बोलते हैं कि सारी रस्में-रिवाज छोड़कर सीधे शादी ही करा दें। बस बहुत हो गया, मैं और नहीं रुक सकता। या फिर कोर्ट मैरिज कर लेते हैं, कल ही। क्या ख़याल है तुम्हारा?"

"जो तुम कहो," वो अपनी सीट पर सीधे बैठकर दुपट्टा ठीक करने लगी। उसे पता था इतनी जल्दी कुछ होने वाला तो है नहीं, चाहे समर्थ कुछ भी कहे।

"मेरी सारी बातों में हाँ में हाँ मिलाते तुम अच्छी नहीं लग रही हो, प्रिन्सेस।"

"तो क्या लड़ाई करने का मूड है?" समर्थ के आवाज़ में महीनों पहले जैसा उमंग और उसके मुँह से अपना निक-नेम फिर से सुनकर बहुत ही अच्छा लग रहा था।

अँगूठी लेने के बाद, लंच करके, वो दोनो नैना के शोरूम पहुँच गए। नैना ने कह दिया था जो अच्छा लगे वो सब ले ले। नंदिनी ने समर्थ के लिए फ़ैशन शो ही कर दिया। ट्राइयल रूम में तो अच्छा ख़ासा स्टीमी सीन भी हो गया, जब समर्थ नैना के स्टाफ़ की नज़र बचाकर अंदर आ गया। बहुत मुश्किल से दोनो ने ख़ुद को सम्भाला। ना ना करते हुए भी समर्थ ने उसके लिए चार ड्रेसस सलेक्ट कर लीं। शोरूम में ही थे कि नैना का फ़ोन आ गया।

"समर्थ, हम लोग ब्यूटी पार्लर में हैं, नंदिनी को यहीं ड्रॉप कर दो, हम सब तैयार होकर साथ में शाम को घर आ जाएँगे।"

समर्थ नंदिनी को पार्लर ड्रॉप करके घर आ गया। घर में ताऊजी और चाचाजी को तो कोई प्रॉब्लम नहीं थी, पर बुआ और चाचीजी ने उसे देखते ही मुँह फुला लिया। उसने भी एक हल्की सी स्माइल उनकी तरफ़ मारी और तैयार होने चल दिया।

जब वो तैयार होकर नीचे आया, तो बुआ से रहा नहीं गया। "समर्थ, यह तुम अच्छा नहीं कर रहे हो।"

"बुआ, अगर मेरी बीवी मर जाती तो आप मुझे मनहूस कहतीं?" अचानक लगा सबका मुँह बंद करना ज़रूरी था। आज सारी कथा-पुराण यहीं ख़त्म कर देनी चाहिए।

बुआ का मुँह खुला का खुला ही रह गया, उन्हें कुछ सूझा ही नहीं।

"मुझे तो लगता है आप लोग मुझे दोबारा शादी करने की सलाह देते। यहाँ तक कि मेरे लिए दूसरी लड़की भी ढूँढ देते। फिर लड़कियों के लिए ऐसी सोच क्यों?" रागिनी और चाचीजी भी हाल में आ गयीं थीं। "मैंने नोटिस किया है कि लड़कियाँ ही लड़कियों को नीचे और पीछे खिंचती रहती हैं। पता नहीं क्यों?" उसने अपनी नज़र रागिनी पर टिका दी। "आप लोग चाहे कुछ भी सोचे, मैं नंदिनी से शादी कर रहा हूँ, और यह फ़ाइनल है। अगर आप लोगों को मुझ से ज़रा भी लगाव है तो आप उसे भी अपना लेंगें। यह मेरी आपसे हम्बल रिक्वेस्ट भी है।"

नंदिनी जब नैना भाभी के साथ घर में घुसी तो लग रहा था सबकी निगाहें उसी पर टिकी थीं। हर किसी की नज़र बदली, बदली सी लग रही थी। मौसी ने जब उसके गाउन की तारीफ़ की तो लगा जैसे वो सपना देख रही हो, आखों में आँसू भी आ गए। रागिनी तो बिज़ी होकर संध्या के आस-पास ही रही लेकिन उसने नंदिनी को कोई ताना नहीं दिया।

नंदिनी ने समर्थ की ओर देखा वो किसी से बात कर रहा था। लग रहा था सब उसी का किया धरा था। आज मुस्कुराहट उसके होठों के साथ-साथ उसकी आँखों में भी थी। फिर नंदिनी का ध्यान दरवाजे पर गया, तो उसकी खुशी दुगनी हो गई।

"भईया!" उन दोनों ने भईया से सुबह जब बात की थी, तब तो आने की कोई बात ही नहीं हुई थी। "तुम यहाँ कैसे?"

"इतनी बड़ी खुशी में आना तो बनता ही था।" उसको एक अच्छी सी झप्पी देकर वो समर्थ के पेरेंट्स की तरफ़ बढ़ गया।

समर्थ ने जब नंदिनी को देखा तो गार्डन में टेबल पर कुछ सज़ा रही थी। उसको देखते ही उसका मूड ऑफ़ हो गया। उसको तो मेरून वाला ड्रेस पहनने को कहा था, पर उसने हल्का पिंक

वाला क्यों पहन लिया? वैसे अच्छी तो वो सब कलर में लगती थी, सफ़ेद में भी, फिर भी।

"मैंने जो कहा था वो वाला क्यों नहीं पहना? और अँगूठी अंदर की तरफ़ क्यों करी हुई है?" समर्थ ने उसको किसी काम के लिए ऊपर जाते सीढ़ियों पर पकड़ लिया।

"संध्या की खुशी में फ़ोकस मेरे ऊपर नहीं होना चाहिए। तुमने जो पहनने को कहा था, उसका कलर संध्या की ड्रेस के साथ मैच कर रहा था, बेकार में क्लैश हो जाता। आज उसका दिन है ना। मैं वो हमारी सगाई पर पहन लूँगी, ठीक है?"

"हमारी सगाई हो चुकी है आज सुबह। अब सीधे शादी।" उसने उसको फिर से बाहों में खींच लिया।

"उफ़, धीरे बोलो, और छोड़ो, प्लीज़," नंदिनी ने इधर उधर देखते हुए कहा, "तुमने लोगों से कुछ कहा क्या?"

"मैंने? किसके बारे में?"

"हमारे बारे में। सब लोग अलग सा बिहेव कर रहे हैं।"

"क्यों किसी ने कुछ कहा तुमसे?" उसके चेहरे पर फिर से शिकन आ गई।

"यही तो प्रॉब्लम है कि कोई कुछ कह नहीं रहा, बड़ा अजीब लग रहा है।"

"कोई कुछ कह नहीं रहा? तब भी तुम शिकायत कर रही हो। तुम भी ना! एक ही हो, प्रिन्सेस।"

इतने में माँ ने नंदिनी को ऊपर रूम में बुला लिया, और समर्थ मुस्कुराते हुए नीचे आ गया।

"अक़्ल आ गई सुनकर अच्छा लगा छोटे भाई, कंग्रैचुलेशंस!" नीचे गार्डन में बार के पास सिद्धार्थ उसके लिए ड्रिंक पकड़े खड़ा था। उसको ग्लास पकड़ाकर, उसके ग्लास से अपना ग्लास टकरा दिया। "चीअर्स!"

"आज बोल लो, फिर मेरा टाइम—" दरवाज़े पर नज़र पड़ते ही वो सब भूल गया।

नंदिनी और नैना हॉल से गार्डन में साथ-साथ आयीं, हाथों में मेहमानों के लिए रिटर्न-गिफ़्ट्स थे, जो साइड में लगी टेबल पर अरेंज करने लगीं।

"कुछ भी कहो हम दोनो की चॉयस बड़ी अच्छी है, है ना?" भाई ने कहा।

"बिलकुल सही।"

"माँ को भी थोड़ा क्रेडिट दे दो।"

वो दोनो चौंककर पीछे मुड़े तो देखा माँ, पापा खड़े थे।

"और मुझे?" संजना पीछे से बोल पड़ी।

सब एक दूसरे को देखकर हंस पड़े।

प्रिय रीडर्स,

'काली नज़र' एक छोटी सी कोशिश है, समाज की एक गम्भीर समस्या को सामने लाने में, आशा करती हूँ कि यह आपको पसंद आयी होगी। अगर आप ने इस कहानी को एंजोय किया, तो कृपया अपने दोस्तों को बतायें और एक छोटी सी समीक्षा ऐमेज़ॉन (Amazon) और गुडरीड्स (Goodreads) पर पोस्ट ज़रूर करें। रिव्यूज़ एक लेखक के लिए अमृत के समान हैं।

ऋंखला की अगली बुक **'लफ़ंगा'**, जो कि संजना और देव की कहानी है, के **Bonus Chapters** के साथ आपको छोड़ रही हूँ। देव की झलक तो आप इस कहानी में देख ही चुके हैं, आशा करती हूँ कि आपको पसंद आएगी।
एंजोय!

रूचि सिंह

लफ़ंगा

मेहरा ख़ानदान ऋंखला: बुक #3

लफ़ंगा

तीन बहनों के बीच में अकेला भाई—बहुत प्यार, दुलार और ऐशो-आराम के बीच बड़ा हुआ। बिगड़ना तो था ही...

देवेंद्र शेरावत के ज़िंदगी में कोई कमी नहीं थी, पैसा, गाड़ी, बिगड़े हुए दोस्त, और आस-पास घूमती हुई लड़कियाँ। सब ठीक चल रहा था लेकिन एक दिन उसकी मुलाक़ात संजना से हो गई।

बातों के बल पर सबकी हवा निकालने में आगे, संजना के लिए जब माँ ने एक दिन झख मारकर कह दिया कि तुम्हें तो वक़ील होना चाहिए, तब से वो देश की सबसे कामयाब लॉयर बनने के सपने देखने लगी थी। इसी मंज़िल की ओर चलते चलते, पता नहीं किस महूरत में शेरावत की फ़ाइल उसके हिस्से में आ गयी।

एक भी हफ़्ता ऐसा नहीं था जब उसे देवेंद्र को किसी ना किसी मुश्किल से निकालना ना पड़ा हो। वो इतनी बिज़ी रहती थी कि उसके बॉस उसे कोई और बड़ा केस देते ही नहीं थे। जब कोर्ट-रूम देखे हुए मुद्दत हो गई तो लगा कि देवेंद्र टाइप के लफ़ंगे का इलाज उसे ख़ुद ही करना पड़ेगा।

क्या संजना उसे सुधार पाएगी?

क्या देवेंद्र सुधरने वालों में से था?

बोनस चैप्टरस

"बेटी, सब ठीक होगा ना? गरम ख़ून है, क्या करें।"

पीले कागज़ पर केस की डिटेल्स लिखते हुए संजना ने अपने सामने बैठी हुई महिला पर एक उड़ती हुई नज़र डाली और फिर से अपने पीले लीगल नोट-पैड पर झुक गयी। संजना उनके बेटे, देवेंद्र शेरावत, को पुलिस लॉक-अप से छुड़ा कर ऑफ़िस में अपनी रिपोर्ट लिख रही थी। शेरावत पीछे कुर्सी पर ऐसे बैठा था, जैसे ज़िंदगी में कोई फ़िक्र ही नहीं थी। माँ के आँखों में नमी थी और माथे पर चिंता की लकीरें, लेकिन बेटा आराम से मोबाइल देखे जा रहा था।

"ज़्यादा प्रॉब्लम तो नहीं होगी ना?" लड़के की माँ ने फिर से पूछा।

"कुछ कह नहीं सकते, मुझे सारी डिटेल्स पता करनी होगी, तभी बता पाऊँगी।"

"सही बताएँ तो ये बड़ा सीधा है। कभी-कभी जब गुस्सा आ जाता है तब ख़ुद को रोक नहीं पाता।" केस दर्ज भी नहीं हुआ था और माँ ने बेटे की पैरवी करनी शुरू भी कर दी।

संजना बहुत मुश्किल से चुप रह पाई और अपनी रिपोर्ट लिखती रही। उसके बॉस के फ़ैमिली फ्रेंड्स हैं, तो ठीक से देखना ही होगा। वैसे छोटी सी ही मारपीट हुई थी गुड़गाँव के किसी पब में, कोई बड़ी बात नहीं थी।

"FIR नहीं हुई, ये अच्छी बात है। मैं पूरा केस इन से समझना चाहती हूँ," संजना ने पेन से उनके बेटे की तरफ़ इशारा किया,

"उसके बाद ही डिफ़ेन्स तैयार होगा। मिस्टर शेरावत?" उसने उनके बेटे को पुकारा।

देवेंद्र शेरावत ने सिर उठाकर ऐसे देखा जैसे संजना ने उसे डिस्टर्ब करके कोई पाप कर दिया हो। कपड़े मूसे हुए, बाल बिखरे, और आँखें लाल, फिर भी ऐंठ वैसी की वैसी। "आप मुझे बताएँगे कि क्या हुआ था?"

"अभी नहीं!" वो गुर्राया। सारी रात लॉक-अप में सोने नहीं मिला होगा, शायद।

"ठीक है। आज तो टाइम नहीं है, कल लंच से पहले कौन सा टाइम सूट करेगा?" संजना ने अपना चश्मा नाक पर चढ़ाते हुए पूछा।

लेकिन वो मोबाइल पर फिर से झुक चुका था।

"ये तो दो बजे से पहले उठता ही नहीं," माँ ने फिर से जवाब दिया।

संजना से रहा नहीं गया, "कल तो उठना ही पड़ेगा। मेरे पास और कोई टाइम नहीं है, शाम को मुझे सर के साथ कोर्ट जाना है। जितनी जल्दी इस बात को रफ़ा-दफ़ा कर दिया जाए उतना ही अच्छा रहेगा।" वो फिर उस लड़के की तरफ़ मुड़ी। "मिस्टर शेरावत, कल दस बजे यहाँ आ जाइएगा। केस की डिटेल्स मुझे आपसे ही समझनी होगी, फिर पुलिस स्टेशन जाना पड़ेगा। सामने वाली पार्टी बहुत गुस्से में है।"

वो कुछ नहीं बोला और अपने मोबाइल पर नज़रें जमाए रहा।

"इसका आना ज़रूरी है क्या? अगर मैं आ जाऊँ?" माँ फिर बोल पड़ी।

"नहीं, ऐसे नहीं होता है। आप तो वारदात के समय वहाँ नहीं थी ना? मिस्टर शेरावत, प्लीज़ आप कल का टाइम कन्फ़र्म करिए। मैं सुबह से बारह बजे तक ही फ़्री हूँ।"

उसने एक लम्बी सी साँस ली और उठ खड़ा हुआ। "आ जाएँगे, आ जाएँगे, कुछ एक दिन तो तुम लोगों के पीछे घूमना ही पड़ेगा, नहीं तो तुम्हारे पैसे कैसे बनेंगे?"

"मतलब?" संजना ने घूरकर उसे देखा। ना चाहते हुए भी उस लफ़ंगे के शब्दों ने गुस्सा नाक पर ला दिया। दोपहर के ढाई बज रहे थे, उसने खाना भी नहीं खाया था और कल के केस की तैयारी भी करनी थी।

"अरे मतलब क्या? जब कहा कि मैंने कुछ नहीं किया, तो नहीं किया? अब और क्या समझाऊँ तन्ने?" उसने ठेठ हरियाणवी लहजे में कहा।

"बेटा, आ जाना ना," उसकी माँ ने उसकी बाँह पकड़ ली, "एक ही घंटे की तो बात है।"

"अरे, तुम समझती नहीं हो मम्मी, ये इन लोगों के चोचले होते हैं ज़्यादा पैसे ऐंठने के।"

संजना ने अपना नोट-पैड बंद करके, लैप्टॉप खोल लिया। "मैं कल ग्यारह बजे आपका वेट करूँगी, थैंक यू मिसज़ शेरावत, मिस्टर शेरावत।"

"पता नहीं ये बड़ी बाप की औलादें अपने आप को क्या समझते हैं!" कपिल, उसका कॉलीग, उनके जाते ही बोला। लॉ चेम्बर्स में कपिल और संजना एक ही क्यूबिकल शेयर करते थे। वो कपिल से भी ज़्यादा बात नहीं करना चाहती थी, इसीलिए चुप ही रही।

"इससे ज़्यादा मत उलझना, संजना," कपिल फिर बोला, "ये नरेंद्र शेरावत का इकलौता बेटा है। बहुत पैसे वाले हैं इसीलिए इतनी हेकड़ी दिखा रहा था। नरेंद्र शेरावत के बारे में तो तुम्हें पता ही होगा, MLA हैं हरियाणा में किसी जगह के। हर एक केस पैसे देकर ख़त्म कर देना।"

"ओके, थैंक्स।"

"आज डिनर पर चलोगी?"

"थैंक्स कपिल, पर आज नहीं हो पाएगा। मुझे कल के केस की ब्रीफ़ में करेक्शन करके आज रात ही प्रिंट करना है।"

कपिल ने सिर तो हिला दिया, लेकिन उसका मुँह बन गया। जब से संजना ने लॉ फ़र्म जॉयन करी थी, हर दूसरे दिन कपिल उसे डिनर पर चलने के लिए पूछ रहा था। वो उसमें बिलकुल भी

इंट्रेस्टेड नहीं थी, इसीलिए उससे ज़्यादा बात करके एंकरेज नहीं करना चाहती थी। कुछ लड़कों के साथ यही प्रॉब्लम होता है, ज़रा सा मुस्कुरा के बात कर लो, वो सीधे बॉय-फ्रेंड बनने के सपने देखने लगते हैं। कपिल उन में से ही एक था।

केस की समरी चेक करके, संजना प्रिंटर की तरफ़ चल दी और बात वहीं ख़त्म हो गई।

अगले दिन संजना वेट करती रही लेकिन शेरावत नहीं आया। कोर्ट जाने का टाइम हो रहा था, और उधर पुलिस स्टेशन से फ़ोन पर फ़ोन आ रहे थे। अगर दूसरी पार्टी को नहीं संभाला तो FIR बन सकती थी, और सर ने साफ़-साफ़ कहा था कि शेरावत के ख़िलाफ़ कोई भी कार्यवाही लिखे में नहीं होनी चाहिए।

अगले सेकंड उसका फ़ोन बजा, सर ही थे, "संजना, देवेंद्र शेरावत के केस का क्या हुआ?"

"सर, उन्हें दस और ग्यारह के बीच आना था, अभी तक आए ही नहीं!" कोर्ट जाने का भी टाइम हो रहा था। "सर, मैं कोर्ट हिअरिंग के बाद उन्हें शाम को हैंडल कर लेती हूँ।"

"नहीं, ऐसा करो तुम वहीं रहो। मैं कपिल को ले जाता हूँ। इस केस के बारे में उसे भी थोड़ा बहुत पता हैं, मैं काम चला लूँगा। तुम देव का केस ठीक से संभाल लो फिर किसी और काम में पड़ना। याद रखना मेरे बहुत ही जिगरी दोस्त का बेटा है, थोड़ा ठीक से हैंडल करना। मुझे सिर्फ़ तुम पर ही भरोसा है इसीलिए ये ज़िम्मेदारी तुम्हें दे रहा हूँ।"

संजना के तो गुस्से का ठिकाना ही नहीं रहा! रईस बाप की बिगड़ी हुई औलाद की वजह से उसकी कोर्ट की हिअरिंग रह गई। रातों की नींद हराम करके, इतने इग्ज़ैम्स और मेहनत के बाद उसको अपनी ड्रीम लॉ-फ़र्म में नौकरी मिली थी। छह महीने की कड़ी मेहनत के बाद ये उसकी पहली कोर्ट-हिअरिंग थी जहाँ वो सर को असिस्ट कर रही थी, लेकिन सब गुड़-गोबर हो गया। उस इडीयट की वजह से, जो सुबह जल्दी नहीं उठ सकता था!

गुस्से में संजना ने लंच भी नहीं किया। दोपहर के तीन बजे किसी ने क्यूबिकल के दरवाज़े पर नॉक किया। संजना ने सिर उठाकर देखा तो शेरावत की माँ खड़ी थीं। बेटा अभी भी कहीं दिखाई नहीं दे रहा था, उसका गुस्सा और भी बढ़ गया।

"हेलो," मिसज़ शेरावत ने अंदर आते हुए कहा, "देव पीछे दूसरी गाड़ी से पहुँच ही रहा है।"

संजना ने उनकी तरफ़ देखा और इन्स्पेक्टर देसाई को फ़ोन लगाया, जिन्होंने भी सुबह से नाक में दम किया हुआ था। "इन्स्पेक्टर साहब, हम आधे घंटे में पहुँच रहे हैं।"

"मैडम आ जाइए दूसरी पार्टी ने हल्ला मचाया हुआ है," देसाई के फ़ोन पर बैक्ग्राउंड आवाज़ों से लग रहा था कि वो वाक़ई में काफ़ी परेशान थे।

संजना ने उनको शांत करके फ़ोन काट दिया।

"बेटा, सब ठीक तो हो जाएगा ना?" फ़ोन रखते ही शेरावत की माँ ने पूछा।

"आपको आने की ज़रूरत नहीं थी।"

"नहीं, नहीं, मैं भी चलूँगी। माँ के नाते मैं बोलूँगी तो शायद कुछ ठीक हो जाए।"

"उससे कुछ भी नहीं होगा। आपके बेटे ने कुर्सी किसी के सिर पर मारी है। जिसे चोट लगी होती है, उसका पलड़ा भारी हो जाता है। सबसे अच्छी बात है कि शर्मा और पब का मालिक दोनो ही पैसे के भूखे हैं, तो मामला रफ़ा-दफ़ा हो जाएगा।"

"अब क्या करें, बचपन से ही ख़ून गरम है।" उन्होंने फिर से कल वाली बात दोहराई और आसूँ पोछने लगीं।

"आप इसको गर्म ख़ून पर थोप रहीं हैं?" संजना फट पड़ी, "फिर तो जितनी ग़लती आपके बेटे की है, उतनी ही आप की भी है। बचपन में ही दो थप्पड़ लगाकर कोने में बैठा देते, सारा खून ठंडा हो जाना था। मैंने भी स्कूल में एक लड़के को मारा था, मेरी मां ने झापड़ लगाकर मुझे कमरे में बंद कर दिया था, रात का खाना भी नहीं दिया। उसी दिन मेरा सारा जोश ठंडा हो गया था। आपको पता है मेरे से छः ही महीने छोटा है आपका बेटा, और मैं

इस तरफ़ वो उस तरफ़!" संजना को इतना ग़ुस्सा आ रहा था कि क्या ही बताएं।

एकदम से लगा पूरे कमरे में सन्नाटा छाया था। उसने सिर उठाकर देखा तो कपिल उसे घूर रहा था और शेरावत की माँ रोना-धोना बन्द करके मुँह खोले बैठी थी। दरवाज़े पर, सफ़ेद कुरता-पायजामा और नीली नेहरु जैकेट पहने, एक बड़ी उम्र के सज्जन खड़े थे, जिनके चेहरे पर हल्की सी स्माइल थी, और उनके पीछे शेरावत मुट्ठी भींचे उसे देख रहा था, या फिर घूर रहा था, संजना को पता नहीं चला क्योंकि उसने शेड्स लगाए हुए थे।

शेरावत उस आदमी के पीछे से आगे आया और संजना की टेबल पर हाथ मारते हुए चिल्लाया, "तुम्हारी हिम्मत कैसे हुई मम्मी से ऐसे बात करने की? तुम ख़ुद को समझती क्या हो!"

संजना ने उसकी आँख में आँख डालते हुए बोली, "मैंने कुछ ग़लत नहीं कहा।"

"नहीं, नहीं, बिलकुल सही कहा," नेहरु जैकेट वाले आदमी ने अंदर आते हुए कहा, "लेकिन इसमें गलती सिर्फ़ इनकी नहीं है, मैं भी शामिल हूँ।" उन्होंने शेरावत की माँ की तरफ़ इशारा किया, फिर शेरावत के कंधे पर हाथ रखकर बोले, "देव, जो वक़ील साहिबा कह रही हैं बिलकुल वैसे ही करना। मैं सेठी साहब से मिलकर आ रहा हूँ।" शेरावत का कंधा थपथपाकर वो सर के ऑफ़िस की तरफ़ मुड़ गए।

धूप का चश्मा उतारकर, शेरावत टी-शर्ट का कॉलर ऊपर करते हुए, अपनी माँ के पास, कुर्सी पर बैठ गया और उसे घूरने लगा।

"उस रात क्या हुआ था?" संजना ने शुरू किया।

"शर्मा उलटी-पुलटी बात कर रहा था। मैंने ग़ुस्से में कुर्सी उठाकर सिर पर दे मारी।"

"उसने आप को पहले हाथ लगाया?"

"उसकी हिम्मत कि मुझे हाथ लगाए!"

संजना ने एक लम्बी साँस ली, "मुझे शुरू से पूरी बात बताइए।"

"हम सब बैठे थे, पब में। शर्मा भी आ गया।"

"हम सब कौन?"

"मैं और मेरे दोस्त।" उसने अपनी माँ की तरफ़ एक तिरछी निगाह डाली और थोड़ा सीधे होकर बैठ गया।

"कौन, कौन?" संजना ने अपने सामने रखे हुए पेपर्स देखे, FIR में तो किसी और का नाम था ही नहीं!

"मेरे दो दोस्त, अनुज और कड़का, मेरा मतलब है संदीप, दो-तीन और भी थे, याद नहीं।"

संजना ने उन दोनो का नाम नोट किया। "फिर?"

"फिर शर्मा आ गया, बग़ल की टेबल में। मुझे उससे कॉलेज से ही थोड़ी नफ़रत सी है। वो हमेशा मेरे आस-पास मंडराता रहता है, फिर मुझ पर ही टॉट मारता है। मुझ से रहा नहीं गया, तो मैंने उसे अच्छा सबक़ सिखा दिया।"

"उसने शुरू किया?"

"हाँ।"

"क्या बोला उसने?"

"फिसड्डी, आवारा।"

"बस? इतने में आपको इतना गुस्सा आ गया कि आपने कुर्सी उठा कर मार दी?"

"और भी कुछ कहा था, याद नहीं।"

"आपने ऐल्कहॉल भी ली थी?"

"तुम पब-वब कभी गई नहीं हो क्या? सब पीने ही जाते हैं वहाँ पर।"

उसकी माँ की हिचकी इग्नोर करते हुए संजना अपने नोट्स देखती रही। वो अंडर-ऐज था। "आपको पता है कि दिल्ली में पीने की उम्र पच्चीस साल है? क्या लॉक-अप में आपका ऐल्कहॉल लेवल भी चेक किया था?"

"नहीं, शायद हाँ... मुझे याद नहीं।"

संजना ने एक लम्बी साँस ली। शेरावत ने कुछ नया नहीं बताया था। उसने पहले ही इन्स्पेक्टर देसाई से सब पता कर लिया था। उसका ऐल्कहाल टेस्ट हुआ था, दूसरी पार्टी का भी हुआ था।

सबसे अच्छी बात थी कि सभी अंडर-ऐज थे और पिए हुए थे।

"आपके दोस्त अनुज और संदीप ने भी मार पिटाई की?"

"नहीं, पता नहीं। अनुज तो थोड़ा डरता है, उसने शायद मुझे पकड़ रखा था, नहीं तो शर्मा गया था कल।" उसकी माँ ने फिर से सिसकी ली।

"ऐसा पहले भी कभी हुआ है?"

"बहुत बार," वो मुस्कुराया जैसे कि कोई बड़ा तीर मार लिया हो।

"फिर क्या हुआ?"

"पैसे देकर रफ़ा दफ़ा हो गया। अभी भी पैसे के लिए ही तो सब बवाल मचा हुआ है। शर्मा बहुत चिन्दिचोर है।"

"ठीक है चलिए। पुलिस स्टेशन तो जाना ही पड़ेगा। मिसज़ शेरावत, आपको आने की ज़रूरत नहीं है, आप घर जाइए। पुलिस स्टेशन आपके लायक जगह नहीं है।"

"तुम्हारे लायक है?" देवेंद्र ने घूरते हुए कहा।

संजना ने कुछ नहीं कहा, और अपनी कार की चाभी और पर्स उठा लिया। पार्किंग तक जाते-जाते उसने शेरावत को कहा, "आप चलिए, मैं अपनी कार में पीछे आ रही हूँ। और हाँ, वहाँ मुझे बोलने दीजिएगा, आप कुछ मत बोलिएगा।"

"देखो, एक बात समझ लो," शेरावत गाड़ी की चाभी उसकी तरफ़ पोईंट करते हुए बोला, "ये लखनऊ की नज़ाकत के साथ मुझे 'आप' कहने की ज़रूरत नहीं है। कुछ चीज़ें मुझे बिलकुल पसंद नहीं हैं।"

"दुनिया किसी एक की पसंद से नहीं चलती, ये बात आदमी जितनी जल्दी समझ ले तो अच्छा है," संजना में भी उसके ही लहजे में जवाब दिया, और इससे पहले कि वो कुछ और कहता, वो फिर बोली, "पुलिस स्टेशन में मुझे ही बोलने दीजिएगा।"

उस पर एक तीखी सी नज़र डालकर, शेरावत अपनी गाड़ी की तरफ़ मुड़ गया।

संजना और शेरावत जब पुलिस स्टेशन में इन्स्पेक्टर देसाई के ऑफ़िस में घुसे तो वहाँ काफ़ी लोग पहले से ही मौजूद थे। उनको देखते ही देसाई ने और कुर्सियाँ मँगवा ली, लग रहा था कि शेरावत के पापा का फ़ोन पहुँच गया था। इन्स्पेक्टर देसाई को तो वो पहचानती थी, उनके अलावा सिर पर बैंडेज बांधे, शेरावत की उम्र का, एक आदमी मोबाइल पर लगा हुआ था। उसके बग़ल में शायद पब का मैनेजर, और उनके वक़ील थे।

"आ गये, लाड साहब," सिर पर चोट वाले आदमी ने कहा।

शायद विकास शर्मा था। वो भी शेरावत के जैसा ही लम्बा चौड़ा था, लेकिन कपड़ों से लग रहा था कि उतना पैसे वाला नहीं था। उसके सिर पर पट्टी ऐसे बंधी थी जैसे पता नहीं कितनी गहरी चोट आयी थी, लेकिन चहरे से लग ही नहीं रहा था कि कोई तकलीफ़ हो। सब के सब ड्रामेबाज़ थे।

"चार्जेज़ बताईए, देसाई जी," संजना ने शुरू किया।

"मैडम, शर्मा जी को तो बहुत चोट आयी है, ये डॉक्टर की रिपोर्ट है," उन्होंने पेपर आगे कर दिए, "और ये गुप्ता जी हैं, पब के मैनेजर। ये है पब के नुक़सान का ब्योरा।"

"हम्म... तो क्या चाहिए? चार्जेज़ फ़ाइल करने हैं क्या?" संजना ने वक़ील की तरफ़ देखा। "दोनो के वक़ील एक ही हैं?"

"नहीं, मैडम," विकास शर्मा ने संजना को ऊपर से नीचे देखा, जैसे उसके कपड़े उतार रहा हो, "हमारी इतनी औक़ात कहाँ कि हम वक़ील करें?"

"पब जाने की है?" संजना ने नज़र उसकी तरफ़ टिकाते हुए कहा।

शेरावत हंस पड़ा, शर्मा का कॉन्फ़िडेन्स थोड़ा सा हिल गया। संजना के सीने से नज़र हटाकर अपनी नाक खुजलाने लगा।

"देसाई जी, ब्रेथ-ऐनलायज़र टेस्ट शर्मा जी की भी पॉज़िटिव ही थी ना?"

"हाँ, मैडम।"

"सबने ही पी हुई थी?"

"हाँ, मैडम।"

"तो चार्जेज़ फ़ाइल करने हैं क्या?"

"मैडम, नुक़सान की भरपाई की बात हो रही थी," पब का वक़ील बोला।

"पब का इन्शोरेन्स तो होगा ही?"

"मैडम, नुक़सान कुछ ज़्यादा ही है –"

"झूठ बोल रहा है, साले!" शेरावत बोला, "एक कुर्सी की टाँग टूटी थी! घटिया फ़र्निचर रखता है भेनच–!"

संजना ने उसकी तरफ़ देखा ही नहीं और बोली, "चल के देख लेते हैं!"

"अब क्या मैडम, आज रात तो पब खुलना ही था, हमने तो सब सफ़ाई कर दी।"

"फ़ोटो तो लीं ही होंगी?"

"हाँ, जी।" उसने फ़ोटो आगे कर दी।

इतनी ज़्यादा तोड़ फोड़ दिखाई थी कि लग रहा था जंग हो गयी थी, और पता नहीं कितने ज़ख़्मी हो गए होंगे।

शेरावत ने भी फ़ोटो देखनी शुरू की। "अबे साले, सोफ़े का कलर तो कल लाल था, फ़ोटो में तो नीला है!"

"कितने लोगों को चोट लगी?" संजना ने पूछा।

"विकास शर्मा जी को, और हमारे एक बाउँसर को," गुप्ता ने कहा।

"वो कहाँ है?"

"घर पर, उसकी भी डॉक्टर की रिपोर्ट्स हैं," वक़ील ने कहा।

"देसाई जी, आपको लग रहा है कि केस में कोई दम है?" संजना ने देसाई से पहले ही सब डिस्कस कर लिया था। वो FIR के पक्ष में नहीं थे। काम का लोड बहुत ज़्यादा था, लफ़ंगों के पीछे कोई वक़्त बेकार नहीं करना चाहता था।

"नहीं, मैडम।"

"गुप्ता जी, आप पब का ख़र्चा अपने इन्शोरेन्स से निकालिए," संजना ने उनके वक़ील की तरफ़ देखा और कहा, "सर, आप तो क़ानून जानते हैं, समझाइए प्लीज़। कोर्ट में जाने से किसी का भी भला नहीं होगा। सभी पिए हुए थे, और अंडर-ऐज भी।"

"जी, कुछ भरपाई हो जाती," वक़ील बोला।

उनका वक़ील तो बिलकुल ढक्कन निकला, इतनी जल्दी मांडवाली पर आ गया। "क्या, कुछ? कुर्सी कितने की आती होगी? दो हज़ार?" संजना बोली।

"कैसी बात कर रहे हो, वक़ील साब!" गुप्ता फट पड़ा। "ग्लास, और प्लेट भी तो टूटे थे।"

"चलिए, एक हज़ार और, ये हो गए तीन हज़ार। इतना तो इन्शोरेन्स वाले आराम से दे देंगे।" इसके लिए उसकी कोर्ट की हिअरिंग छूटी थी!

"और डॉक्टर का ख़र्चा? हमने पाँच हज़ार ख़र्च कर दिए," शर्मा ने कहा।

"अगली बार सीधे मेरे पास आना, मेरा भाई डॉक्टर है, मुफ़्त में इलाज हो जाता।" संजना मन ही मन सिर पिटते हुए खड़ी हो गयी। "देसाई जी, प्लीज़ इनको बोलिए चलें, केस में कुछ भी दम नहीं है, बेकार में ऐसे ही समय ख़राब कर रहे हैं।"

"मैडम, हम तो कोर्ट में जाएँगे," विकास शर्मा धीरे से बोला तो सब चुप हो गए।

"सर, आपकी उम्र क्या है?"

"मैडम, हम उम्र पूछ लेंगे तो आप बुरा मान जाएँगी।"

"नहीं, बिलकुल नहीं। आप पूछ सकते हैं, लेकिन दिल्ली में कम उम्र में दारू पीने से अंदर हो जाते हैं। क्यों देसाई जी, क्या उम्र है इनकी?"

"जी, कल इन्होंने उम्र बताई नहीं," देसाई ने रिपोर्ट में देखकर कहा।

"तो अब बता देंगे। चलिए पूछिए।" वो उसके मुँह लगना नहीं चाहती थी। संजना ने जैसे ही सुना था कि शर्मा भी पिए हुए था, उसे पता था सब ऐसे ही रफ़ा दफ़ा हो जाएगा।

"बताओ भाई।"

शर्मा कुछ नहीं बोला सिर्फ़ संजना को देखता रहा। क़रीब पाँच सेकंड बाद वो बोला, "ठीक है, मैडम। हमारी तबियत तो आपको देखकर ही ठीक हो गयी। आपके नज़ारे हो गए यही बहुत बड़ी बात

है, नहीं तो हमारी इतनी क़िस्मत कहाँ कि हमें शेरावत के जैसे किसी लड़की का आँचल मिल जाता छुपने के लिए।"

बस उसका ये कहना था कि संजना के बग़ल में बैठे शेरावत पर तो माता ही चढ़ गयी। वो ज़ोर से चिल्लाकर उसकी तरफ़ लपका, फिर क्या हुआ संजना को कुछ पता नहीं चला। ऐसा लग रहा था कि सारे मार भी रहे थे और बचा भी रहे थे।

संजना और गुप्ता का वक़ील किनारे खड़े तमाशा देखते रहे।

"हमें कुछ करना चाहिए कि नहीं?" जब संजना ने बीच बचाव करने की बात की तो वक़ील ने रोक लिया। "रहने दीजिए मैडम, बेकार में आपको चोट लग जाएगी। ये तो इनका रोज़ का काम है, हमारी रोज़ी रोटी निकल आती है।"

फिर दोनो चुप-चाप सबके शांत होने का वेट करने लगे। मामला और उलझ गया, और जुर्माने के पैसे देकर ही निकल पाए।

पुलिस स्टेशन से आने के बाद, जब संजना ने अपनी लैप्टॉप पर नज़र मारी तो अपना सिर डेस्क पर टिकाकर बैठ गई। शायद सेठी सर भूल गए थे कि वो शेरावत का केस हैंडल कर रही थी। सत्रह ईमेल्स आयीं हुई थीं। एक केस की डेट आगे हो गई थी। सेठी सर, और नवीन जी, सीन्यर लॉअर, के लिए नई ब्रीफ़ बनानी थीं। लग रहा था रात ऑफिस में ही रुकना पड़ेगा। वैसे कोई नई बात नहीं थी, वो कई बार ऐसा कर चुकी थी, इसीलिए उसने ऑफ़िस के पास ही एक कमरे का फ़्लैट लिया हुआ था।

रात के बारह बज रहे थे, संजना अलमारी के पास एक केसबुक पढ़ रही थी, अचानक लगा कि लॉबी में किसी ने कोई भारी चीज़ पटक दी हो। उसने पलटकर देखा तो देवेंद्र शेरावत खड़ा था, और उसके पीछे एक और आदमी, शायद उसका दोस्त था। दोनो थोड़ा झूम रहे थे, और आँखें लाल थी। "क्या हुआ? क्या चाहिए?"

इससे पहले कि वो कुछ समझ पाती, शेरावत ने अंदर आकर झटके से उसका हाथ पकड़कर पीठ के पीछे मोड़ दिया। हाथ से मोटी केसबुक छूटकर उसके पैरों पर गिर गई। दर्द से संजना ऐंठ गई, और आँखें भर आयीं। उसका मुँह और सीना लाइब्रेरी की शेल्फ़ से चिपक गया। इतने पास से संजना को वो पहाड़ सा लग रहा था।

"तुम्हारी हिम्मत कैसे हुई मेरे बाबा और मम्मी से ऐसे बात करने की?" शेरावत की आवाज़ थोड़ी सी लड़खड़ा गई। व्हिस्की की तेज़ गंध ने उसको घेर लिया।

"छोड़ो मुझे!" केस की भारी किताबों की स्पाइन उसे चुभने लगी थी। ये गार्ड कहाँ था?

शेरावत ने उसका दूसरा हाथ भी पीछे करके, दोनों हाथ एक साथ पकड़ लिए। "गलती की सज़ा तो तुमको मिलेगी ही, मैडम।" कानों में शेरावत की गरम साँसों और आवाज़ में धमकी से पूरे बदन में सिहरन सी दौड़ गई।

"तुम्हारी हिम्मत कैसे हुई मुझे हाथ लगाने की? छोड़ो!" संजना ने अपना हाथ छुड़ाने की नाकाम कोशिश की।

"हिम्मत? हिम्मत तो मैं दिखाऊँगा तुम्हें। पहले मेरी बात का जवाब दो! तुम अपने आप को समझती क्या हो?" अपना मुँह बिलकुल उसके चेहरे के क़रीब लाकर बोला। "बहुत ज़्यादा अक्ल है तुम्हें? बड़ों की इज़्ज़त करना तुम्हारे माँ-बाप ने नहीं सिखाया?"

"इतनी ही फ़िक्र है तो लफंगागिरी क्यों करते हो? बड़ा नाम ऊँचा हो रहा है तुम्हारे बाबा का! हर दूसरे हफ़्ते बेटा पुलिस स्टेशन–"

"चुप! बिलकुल चुप! मेरे बाबा का नाम अपने मुँह से नहीं लेने का!"

"साली, बहुत बोलती है!" उसका दोस्त बोला।

कनखियों से देखा तो उसके दोस्त ने ऑफ़िस का दरवाज़ा बंद कर दिया था। उसका दिल और ज़ोर-ज़ोर से धड़कने लगा।

"क्या हम आराम से बात नहीं कर सकते?" उसने अपनी आवाज़ नरम करते हुए, शेरावत को कंधे से हल्का सा धक्का दिया, लेकिन वो उसे टस से मस नहीं कर पाई।

"आराम से? मेरे बाबा की बेईज्जती करके अब आराम से बात करना चाहती हो? मैं चाहूँ तो अभी के अभी–" उसकी आवाज़ फिर से भर्रा गयी, लेकिन पकड़ में कोई कमी नहीं हुई। पीछे उसका दोस्त आराम से कपिल की कुर्सी पर पसर गया।

संजना ने उसे फिर से धक्का देने की कोशिश की, "छोड़ो मुझे!"

"क्या कर लोगी? क्या कहा था उस दिन? तुम टेबल के उस तरफ़ और मैं इस तरफ़! अब बताओ, मैं तुम्हारे तरफ़ आ गया। अब बोलो?"

"एक बात ठीक से सुन लो, शेरावत, अगर तुमने मेरे साथ कुछ भी गड़बड़ की तो समझ लो तुम बचोगे नहीं, चाहे तुम्हारे बाबा कितने ही पहुँचे हुए क्यों ना हों!"

"शट उप! जस्ट शट उप! भेनच–"

"कुछ करने से पहले मेरी एक बात ठीक से समझ लो, मुझे पूरा मार के ही जाना। अगर मैं ज़िंदा बच गयी तो तुम्हें छोड़ूँगी नहीं!"

"क्या कहा तुमने?" शेरावत पलकें जल्दी-जल्दी झपकाते हुए उसे घूरता रहा जैसे कि कुछ समझ ही नहीं आ रहा हो, फिर अपने दोस्त की तरफ़ देखा जो अब कुर्सी पकड़कर झूम रहा था। "क्या कहा इसने?" वो फिर बोला और अगले ही सेकंड झटककर उससे दूर खड़ा हो गया।

एक पल को संजना को विश्वास ही नहीं हुआ कि वो फ़्री थी। अपना हाथ सहलाते हुए वो धीरे से सीधी हुई, और बिना उन दोनो से नज़र हटाए एक क़दम अपनी डेस्क की तरफ़ लिया।

"क्या कहा तुमने?" वो अभी भी दो फुट दूर खड़े होकर उसे घूर रहा था। "तुमने कहा मार के जाना! क्यों मारूँगा मैं तुम्हें? मर्डरर लगता हूँ क्या?"

शेरावत या तो नशे में था या फिर उसे अपने ऊपर कुछ ज़्यादा ही कॉन्फ़िडेन्स था कि उसने नोटिस ही नहीं किया कि संजना अपनी डेस्क तक पहुँच गई थी।

"बोल क्यों नहीं रही?" वो फिर गुर्राया।

"इस तरीक़े से गुंडों की तरह घुस आए! इतने ज़ोर से हाथ मरोड़ा तो और क्या समझूँ?" संजना ने डेस्क की आड़ में, कुर्सी पर पड़े अपने पर्स में धीरे से हाथ डाल दिया।

"गुंडा! मैं तुमको गुंडा लगता हूँ? आख़िर तुम अपने आप को समझती क्या हो?"

"मैं जो हूँ वही अपने आप को समझती हूँ, और तुम जैसों को भी ख़ूब समझती हूँ।" एक झटके से उसने अपनी गन निकलकर उसकी तरफ़ तान दी। "अब निकलो यहाँ से, नहीं तो पुलिस बुलाती हूँ।"

संजना की गन देखकर उसका दोस्त कुर्सी से नीचे गिर गया। शेरावत ने एक नज़र अपने दोस्त पर डाली और एक संजना के हाथ पर, फिर ज़ोर-ज़ोर से हँसने लगा। "तुम सच में मुझे मारोगी? इतनी हिम्मत है? ये असली है क्या?"

उसने गन की तरफ़ हाथ बढ़ाया तो संजना एक क़दम पीछे हट गई। "मैंने कहा निकलो यहाँ से।" हैरानी की बात थी, शेरावत पर कोई फ़र्क़ ही नहीं पड़ रहा था, जबकि उसका दोस्त फ़र्श पर पड़ा उसको बार-बार चलने को बोलने लगा।

संजना की आँखों में आँखें डालते हुए, शेरावत और क़रीब आ गया, इतना कि गन की नोज़ल उसके सीने से टकरा गई। "एक बात बताओ। उस बात का क्या मतलब था? पूरा मार के जाना!"

दोनो एक दूसरे को घूरते रहे।

"तुमने मेरे बारे में क्या सोचा हुआ है? पूरा मार के जाओ! ज़िंदा बच गयी तो तुम्हें छोड़ूँगी नहीं! जैसे कि मैं रेप करने आया हूँ, तुमने–?" एकाएक उसकी आँखें और बड़ी हो गयीं, "तुमने सोचा कि मैं–" एक तीखी नज़र गन पर डालकर, वो पीछे हट गया और बालों में उँगलियाँ फिराते पूरे ऑफ़िस में घूमने लगा। "तुम्हें लगा कि मैं तुम्हारा रेप–"

"मेरी पर्सनल स्पेस में घुसोगे तो और क्या सोचूँ?" संजना को धीरे-धीरे समझ आ रहा था कि वो इतना ख़राब नहीं था जितना दिखता था। ख़तरा टल गया तो उसकी आँखों में आँसू आने लगे, पर लानत होगी जो वो उसके सामने रोती। एक पल के लिए तो लग रहा था कुछ गड़बड़ होने वाली थी। अपनी पलकें झपकाते हुए वो पीछे हट गयी, लेकिन गन पर पकड़, और शेरावत पर नज़र उसने अभी भी ढीली नहीं की थी। हालाँकि गन की सेफ़्टी क्लिप ऑन थी, लेकिन वो एक सेकंड में उसे हटा सकती थी।

"पर्सनल स्पेस? पर्सनल स्पेस मतलब क्या?" शेरावत त्योरियाँ चढ़ाकर बोला।

संजना कुछ नहीं बोली, कोई फ़ायदा नहीं था।

"कुछ बोल क्यों नहीं रही? अभी तो इतने गुस्से में थी! गन तान दी मेरे पर, जैसे कि मैं डरता हूँ किसी के बाप से!" उसने टेबल पर अपने हाथ पटके। "तुम्हें क्या लगा कि मैं हर लड़की का रेप करता हूँ!"

"तुम क्या जवाब चाहते हो मुझसे? इतने ज़ोर से हाथ पकड़ा, इस तरीक़े से धमकी दी! तो क्या तुम्हारी तारीफ़ में क़सीदे पढ़ूँ? और तुम्हारे दोस्त ने दरवाज़ा बंद कर दिया, उसका क्या मतलब था?"

"मैडम, आपको बता दूँ कि लड़कियाँ मेरे आगे-पीछे घूमती हैं! मुझे किसी से ज़बरदस्ती करने की ज़रूरत नहीं होती। सब ख़ुद मेरे से चिपकती हैं, ये बात तुम अच्छे से जान लो।"

"हंह!" संजना के मुँह पर बनावटी हँसी आ गई।

अगले पल दरवाज़ा बाहर से खुला और गार्ड ने झाँका, "मैडम, ऑफ़िस लॉक कर दें बहुत देर हो गयी है।"

"हाँ।"

गार्ड को लगा कुछ गड़बड़ थी, इसीलिए वहीं खड़ा रहा।

"अभी हम जा रहे हैं, लेकिन ये बात ख़त्म नहीं हुई है।" शेरावत ने उसे कुछ पल के लिए देखता रहा, फिर अपने दोस्त को सहारा देकर चला गया।

हर महीने के आख़िरी दिन नाश्ते के बाद नरेंद्र शेरावत अपने अकाउंटेंट के साथ पिछले महीने के ख़र्चों का हिसाब लेते थे। उनकी निगाह से कुछ भी नहीं छुपता था। देव के क्रेडिट कार्ड का बिल देखकर माथे पर शिकन आ गयी। स्टेट्मेंट से निगाह उठाकर डाइनिंग टेबल पर नज़र डाली तो उनकी पत्नी, सुमनजी इकलौते बेटे को नाश्ता करा रहीं थीं। करा क्या रहीं थीं, अपने हाथ से ही

खिलाने की कोशिश कर रहीं थीं। बेटा था कि फ़ोन पर लगा हुआ था, माँ की फ़िक्र की कोई फ़िक्र नहीं थी उसे।

"अरे छोड़ दीजिए, सुमनजी, कल रात दो बजे पार्टी करके आया था, अभी कहाँ भूख लगी होगी। सुबह-सुबह जग गया वो ही बहुत है।"

देव ने सिर उठाकर उनकी तरफ़ एक हल्की सी मुस्कान फेंक दी, तो उनका दिल भी बाग-बाग हो गया। सुमन जी ही क्या, ख़ुद वो भी उसकी एक मुस्कान पर न्योछावर रहते थे। सबसे छोटा था, तो हमेशा छोटा ही लगता था।

"देव," उन्होंने हल्के से पुकारा।

"जी बाबा?"

"इधर आओ बेटा।"

माँ को एक झप्पी दी और उनके पास आकर बैठ गया, बिलकुल सटकर, और उनके गले में हाथ डाल दिए। उसकी यही हरकतें दोनो माँ-बाप को बाग़-बाग़ और कमज़ोर कर देती थीं।

"ये इस दिन का बिल कुछ ज़्यादा नहीं हो गया, बेटा? कोई पार्टी थी क्या?"

उसने स्टेट्मेंट को ठीक से देखा। "ये तो शायद... अरे हाँ, मैं मनु जिज़ाजी के साथ था, पता नहीं क्यों उनका कार्ड नहीं चल रहा था, तो मैंने उन्हें अपना कार्ड दे दिया था।"

बेटे के बात सुनकर उनका ध्यान अपने सबसे छोटे दामाद पर चला गया, जो डाइनिंग टेबल पर बैठकर आराम से नाश्ता कर रहे थे।

"काफ़ी ज़्यादा हो गया क्या?" देव ने पूछा।

"नहीं, नहीं... ठीक है।"

"मैं जाऊँ, बाबा?"

"हाँ, हाँ... पढ़ाई कैसी चल रही है?"

"ठीक ही है," वो उनको फिर से एक ज़ोर की झप्पी देकर अपने कमरे में चला गया।

चिंता भोरी आँखों से MLA साहब ने दामाद की तरफ़ देखा, हमेशा की तरह कुछ बोलते नहीं बना। कहते भी तो किससे और

क्या कहते? बेटी अभी सोकर ही नहीं उठी थी। दोनो, छोटी बेटी और दामाद, अपने घर कम और उनके घर ज़्यादा रहते थे।

चिंता की लकीरें और गहरी हो गयीं।

दोनो बड़ी बेटियाँ तो अपने-अपने घर में रम गयीं थीं, ये छोटी ही थी जिसकी ज़िंदगी पटरी पर नहीं थी। नहीं! अभी तो देव ने भी लाइन नहीं पकड़ी थी। क्रेडिट कार्ड का स्टेट्मेंट, और देव के कॉलेज की मार्कशीट चीख़-चीख़ कर यही कह रहे थे कि बेटा बिगड़ रहा था।

और उसके ऊपर दामाद जी का दख़ल। अगर देव घर पर होता तो हर शाम किसी ना किसी बहाने से उसको बाहर ले जाते, और वापस आते तो नशे में धुत। बहुत मुश्किल से ग्रैजूएट हुआ था, उसके बाद काफ़ी जेबें गरम करनी पड़ीं थीं स्पोर्ट्स कोटा में MBA में एड्मिशन के लिए। पिछली साल तो फ़ेल हो गया था, अब इस साल देखते हैं क्या होता है।

अचानक उन्हें सेठी के ऑफ़िस की वो लड़की याद आ गई।

'मैं इधर और ये उधर।'

"संजना, ये कुछ पेपर्स हैं जिनमें देव के साइन चाहिए। तुम बग्गा के ऑफ़िस तो जा ही रही हो, लौटते में देव का कॉलेज रास्ते में पड़ेगा, वो वहाँ फ़ुट्बॉल फ़ील्ड पर होगा, उससे साइन करवा लेना। जहाँ-जहाँ साइन करने हैं वहाँ मैंने पेन्सल से मार्क कर दिया है।"

"जी, सर।" ना चाहते हुए भी संजना ने सिर हिला दिया। उस रात के बाद शेरावत से फिर मुलाक़ात नहीं हुई थी, लेकिन उसकी फ़ाइलें अभी भी संजना के पास ही थीं। संजना को समझ नहीं आ रहा था कि कैसे सर को समझाए कि वो देव का अकाउंट नहीं संभालना चाहती। उसके जैसा गुस्सैल, बेवकूफ़ और फ़ालतू आदमी कोई और हो ही नहीं सकता। अपना तो टाइम वेस्ट करता ही था और दूसरों का भी। उसके केस देखने में कुछ सीख भी नहीं रही थी।

"और हाँ, मेरी गाड़ी और ड्राइवर ले जाओ, सब जल्दी हो जाएगा।" सर शायद समझ रहे थे कि वो ये नहीं करना चाहती थी, इसीलिए उसे ड्राइवर और गाड़ी से ब्राइब कर रहे थे।

सब काम ख़त्म करके जब वो दिल्ली यूनिवर्सिटी के देव के कॉलेज पहुँची तो शाम के चार बज रहे थे। ऐसा लग रहा था कि सारा कॉलेज ही फ़ुट्बॉल फ़ील्ड पर जमा था। शायद कोई ज़बरदस्त मैच चल रहा था। देव को वो पंद्रह मिनट से फ़ोन लगा रही थी, लेकिन वो उठा ही नहीं रहा था। यहाँ पर उसे ढूँढना मुश्किल ही नहीं नामुमकिन सा लग रहा था।

"एक्स्क्यूज़ मी, देवेंद्र शेरावत, MBA फ़ाइनल ईयर कहाँ होंगे?" उसने फ़ुट्बॉल टीम की यूनफ़ॉर्म सी टी-शर्ट पहने लड़के से पूछा।

"इस नाम का तो कोई नहीं है।"

"वो फ़ुट्बॉल टीम में है।"

"ओह, आप देव को पूछ रहीं हैं!" उसने संजना को ऐसे देखा जैसे कि उसके सिर पर सींग हो। "मैच देखो मैडम, जिसको सब लड़कियाँ देख रही हों, वो ही देव शेरावत होगा।"

फ़ुट्बॉल ग्राउंड में ज़ोर सा शोर उठा, लग रहा था जैसे गोल हो गया हो, फिर कुछ ही मिनट में भीड़ तितर-बितर होने लगी।

संजना साइड में खड़ी उसको तलाश रही थी कि एकाएक वो दिख गया, पसीने से लथपथ, 'कुछ कुछ होता है' के शाहरुख़ खान जैसे। टीम के दो लोगों ने उसे कंधे पर उठाया था, शायद जीत गए थे और आख़िरी गोल उसी ने किया था। क़रीब ही कुछ लड़कियाँ उसे देखकर खुसर-फुसुर कर रहीं थीं या मुस्कुरा रहीं थीं।

उस रात ऑफ़िस के बाद वो पहली बार उससे मिल रही थी। वो नशे में था, पता नहीं उसे क्या-क्या याद होगा?

एकाएक शेरावत ने सिर उठाया और सीधे उसकी तरफ़ देखा। चेहरे पर एक दूसरी ही मुस्कुराहट दौड़ गई, जैसे कि संजना की डोर उसकी मूठी में हो। संजना के तन बदन में आग सी लग गई। ऐसे-ऐसे लोगों की चाकरी करने के लिए उसने लॉ नहीं किया था।

एक बार और अगर सर ने उसे इतने फ़ालतू काम के लिए भेजा तो वो रिज़ायन कर देगी।

"ए कड़के, मेरी बुलेटप्रूफ़ जैकेट लाना तो ज़रा!" वो मुस्कुराते हुए चिल्लाया। पीछे कड़का पेट पकड़कर हँसने लगा।

संजना ने उसके दोस्त की तरफ़ घूरकर देखा तो उसकी हँसी खाँसी में बदल गई। नमूने सब के सब!

तो उसको सब याद था! जैसे कि संजना को कोई फ़र्क़ पड़ता है। गलती तो शेरावत की ही थी। अच्छा है कि उसे सब याद है। आगे उससे पंगे लेने से पहले वो दो बार सोचेगा ज़रूर।

"मिस मेहरा, यहाँ कैसे? मेरा ऑटोग्रैफ़ लेने तो आयीं नहीं होंगी।"

"सेठी सर ने कुछ पेपर्स साइन करने के लिए दिए हैं।" संजना ने एक लम्बी साँस लेकर आगे क़दम बढ़ाया, तो वो दो क़दम पीछे हट गया।

"किसी की पर्सनल स्पेस में नहीं आना चाहता, पता नहीं कोई क्या का क्या समझ ले, और गोली मारने पर उतारू हो जाए। यार कड़के, उस दिन पी तो हमने थी लेकिन लग रहा था चढ़ी किसी और को थी।"

"चढ़ी तो हमें भी थी, और जल्दी उतर भी गई। साले, सब तेरी वजह से," कड़के ने कहा और फिर मुस्कुराने लगा।

संजना ने उन दोनो को इग्नोर करके फ़ाइल वहीं पास की बेंच पर रख दी और पीछे हट गयी। "जहाँ पेन्सल से एक्स है, वहाँ साइन करने हैं।"

"लगता है वक़ील साहिबा अभी भी नाराज़ हैं," उसने पेन लेते हुए कहा।

वो कुछ बोली नहीं।

"ऑटोग्राफ़ तो मुझे भी चाहिए, लेकिन पेपर पर नहीं, यहाँ पर," लड़कियों के झुंड में से एक ने आगे आकर अपना टॉप का कॉलर साइड में खींचते हुए कहा।

देव हंस पड़ा, "श्योर बेब्स, एनी टाइम।" और अपना नाम उस लड़की के कंधे पर लिख दिया। बाकी लड़कियाँ फिर से खिलखिलाकर हँस पड़ीं।

"अब तो नहाना नहीं!" एक ने कहा।

"बिलकुल नहीं।"

"हे देव, आज शाम का क्या प्रोग्राम है?" दूसरी ने एक क़दम आगे बढ़ाते हुए, अपना पैर आगे कर दिया।

"वही जो हर रोज़ होता है," शेरावत ने उसके थाई पर पेन छुआते हुए कहा, "पार्टी!"

साइन करके उसने पेपर्स और पेन संजना की तरफ़ बढ़ा दिए। संजना ने पेपर्स ले लिए और वापस जाने के लिए मुड़ गई।

"पेन तुम्हारा है," शेरावत ने कहा।

"रख लो, और ऑटोग्रैफ देने के लिए काम आएगा," संजना ने कहा, फिर पलट कर कार की तरफ़ मुड़ गई।

देव उसे जाते हुए देखता रहा।

अलग सी लड़की थी, लेकिन हिम्मत की दाद देनी पड़ेगी मैडम की। उस रात गन तान दी उसके सीने पर। देव को डर तो नहीं लगा था, लेकिन चौंक वो ज़रूर गया था। फिर ध्यान से देखा तो गन पर सेफ़्टी क्लिप लगा हुआ था। जिस तरीक़े से उसने गन पकड़ी थी, देव को पता लग रहा था कि वो चलाना भी जानती होगी।

सच में कुछ अलग सी ही थी। पहली बार कोई लड़की उससे या उसके पैसे से इम्प्रेस नहीं हुई थी। नहीं तो किसी ना किसी बहाने सभी उसके पास आने को तैयार रहती थीं।

ज़िंदगी संजना मेहरा की वजह से और मसालेदार लगने लगी थी।

एहसास

मेहरा ख़ानदान ऋंखला: बुक #१

हर कोई एक पर्फ़ेक्ट लव-स्टोरी चाहता है। पर रियल लाइफ़ में ऐसा कभी हुआ है क्या?

शायद हाँ, शायद नहीं!

क्या प्यार पर किसी का बस चला है?

शायद कभी नहीं!

सिद्धार्थ की पर्फ़ेक्ट लव-स्टोरी ख़त्म हो चुकी थी। उसे ज़िंदगी समझौता करने को कह रही थी। समझौते की आड़ में क्या वो किसी और के साथ इंसाफ़ कर पाएगा? क्या वो फिर से किसी और को अपने दिल में जगह दे पाएगा?

नैना को एक ऐसे जीवनसाथी की तलाश है जिसके दिल में, सिर्फ़ और सिर्फ़, वो ही रहे।

क्या मिल पाएगा उसको ऐसा एक शख़्स? क्या उसकी लव-स्टोरी पर्फ़ेक्ट कहलाएगी? या फिर उसको भी औरों की तरह ज़िंदगी के हाथों समझौता करना पड़ेगा? या फिर ज़िंदगी उसको यह एहसास दिला देगी कि बड़े दिल वालों को ही पर्फ़ेक्ट लव मिलता है।

टेक २
नज़रों का खेल
रुचि सिंह

बुक लिस्ट

हिंदी

एहसास - मेहरा ख़ानदान # १

काली नज़र - मेहरा ख़ानदान # २

लफ़ंगा - मेहरा ख़ानदान # ३

टेक २ - नज़रों का खेल

English
Novels

Romantic Suspense

The Bodyguard - Undercover Series # 1

Guardian Angel - Undercover Series # 2

Romance

Jugnu - The Firefly

Take 2 - Small Town Girl #1

My Love, A Liar - Small Town Girl #2

Bewitched

Short Stories

Women From Mars: Series Shorts

Temptation

Spark

Hearts & Hots - Series Shorts

Head Over Heels

You and Only You

Silent Love

A Promise is a Promise